大家小书
译馆
07

Portrait
des Animaux

动物肖像

De Buffon

[法]布封 - 著
范希衡 - 译

北京出版集团公司
北京出版社

图书在版编目（CIP）数据

动物肖像／（法）布封著；范希衡译. —— 北京：北京出版社，2017.4
（大家小书．译馆）
ISBN 978-7-200-12645-7

Ⅰ．①动… Ⅱ．①布… ②范… Ⅲ．①散文集—法国—近代 Ⅳ．①I565.64

中国版本图书馆CIP数据核字（2016）第308049号

选题策划：高立志　王忠波
责任编辑：王忠波
责任印制：宋　超
装帧设计：左左工作室

·大家小书·译馆·
动物肖像
DONGWU XIAOXIANG
［法］布封　著　范希衡　译
*
北京出版集团公司
北京出版社 出版
（北京北三环中路6号）
邮政编码：100120

网址：www.bph.com.cn
北京出版集团公司总发行
新 华 书 店 经 销
北京华联印刷有限公司印刷
*
880毫米×1230毫米　32开本　6印张　109千字
2017年4月第1版　2022年3月第2次印刷
ISBN 978-7-200-12645-7

定价：30.00元
如有印装质量问题，由本社负责调换
质量监督电话：010-58572393

总　序

刘北成

"大家小书"自2002年首辑出版以来，已经十五年了。袁行霈先生在"大家小书"总序中开宗明义："所谓'大家'，包括两方面的含义：一、书的作者是大家；二、书是写给大家看的，是大家的读物。所谓'小书'者，只是就其篇幅而言，篇幅显得小一些罢了。若论学术性则不但不轻，有些倒是相当重。"

截至目前，"大家小书"品种逾百，已经积累了不错的口碑，培养起不少忠实的读者。好的读者，促进更多的好书出版。我们若仔细缕其书目，会发现这些书在内容上基本都属于中国传统文化的范畴。其实，符合"大家小书"选材标准的非汉语写作着实不少，是不是也该裒辑起来呢？

现代的中国人早已生活在八面来风的世界里，各种外来文化已经浸润在我们的日常生活中。为了更好地理解现实以及未来，非汉语写作的作品自然应该增添进来。读书的感觉毕竟不同。读书让我们沉静下来思考和体味。我们和大家一样很享受在阅读中增加我们的新知，体会丰富的世界。即使产生新的疑惑，也是一种收获，因为好奇会让我们去探索。

"大家小书"的这个新系列冠名为"译馆"，有些拿来主义的意思。首先作者未必都来自美英法德诸大国，大家也应该倾听日本、印度等我们的近邻如何想如何说，也应该看看拉美和非洲学者对文明的思考。也就是说无论东西南北，凡具有专业学术素养的真诚的学者，努力向我们传达富有启发性的可靠知识都在"译馆"搜罗之列。

"译馆"既然列于"大家小书"大套系之下，当然遵守袁先生的定义："大家写给大家看的小册子"，但因为是非汉语写作，所以这里有一个翻译的问题。诚如"大家小书"努力给大家阅读和研究提供一个可靠的版本，"译馆"也努力给读者提供一个相对周至的译本。

对于一个人来说，不断通过文字承载的知识来丰富自己是必要的。我们不可将知识和智慧强分古今中外，阅读的关键是作为寻求真知的主体理解了多少，又将多少化之于行。所以当下的社科前沿和已经影响了几代人成长的经典小册子也都在"大家小书·译馆"搜罗之列。

总之,这是一个开放的平台,希望在车上飞机上、在茶馆咖啡馆等待或旅行的间隙,大家能够掏出来即时阅读,没有压力,在轻松的文字中增长新的识见,哪怕聊补一种审美的情趣也好,反正时间是在怡然欣悦中流逝的;时间流逝之后,读者心底还多少留下些余味。

2017年1月24日

引 言

范希衡

布封是法国启蒙运动时期的一个卓越的思想家和文学家,一向享有崇高的国际地位。他曾打倒神学的世界观,科学地解释了宇宙发展过程;他反对雕虫小技、言之无物的文学,曾建立以义理为中心的文学理论,并且以大自然的描写扩大了文学范畴[1]。他在科学上是拉马克、达尔文的前驱[2],在文学上与伏尔泰、孟德斯鸠、卢梭、狄德罗并驾。像这样一个"兼有思想天才与文笔天才"[3]的大作家,中国直到现在似乎还没有人介绍过,不能不说是一个遗憾。今年(1957)是他诞生的第二百五十周年,我们特选译他的一些散文,辑成这个小册子,使中国读者对他的进步思想和他的优美文笔有一个概括的了解。

布封（Buffon），更正确地说，德·布封（De Buffon），原名乔治·路易·勒克来克（Georges-Louis Leclerc），1707年9月7日生于法国东部布尔高尼省（Bourgogne）的孟巴尔城（Montbard）。父亲是律师，曾充布尔高尼省法院推事。母亲是一个法院书记官的女儿。父亲曾以继承关系获得贵族的布封采地，这个采地于1732年又转到乔治·路易手里，自此乔治·路易就改姓德·布封，世称德·布封先生。到了他的晚年，国王路易十五为着表扬他在学术上的功绩，把他在孟巴尔的全部产业赐封为伯爵采地，所以后人又称他为德·布封伯爵。现在一般都简称布封。

布封家庭里的宗教气氛是十分浓厚的。他的两弟两妹都出家修道，他自己幼年进的也是天主教耶稣会办的中小学。他这样的家庭出身，后来居然能摆脱掉神学的束缚，我们更觉其难能可贵。

他在中小学时代很用功，特别爱好科学，在打球的时候衣袋里还带着一本欧几里得的《几何学原理》。中学毕业后，他先到本省省城狄庸（Dijon）大学学法律，1728年法律本科毕业，又到法国西部昂热尔城（Angers）去学医。这时期他很好玩耍，他到昂热尔是为了换个新鲜地方。在昂热尔学了两年，因为决斗伤人，不得已逃到西部的南特城（Nantes）。

这是1730年的事。就在这年下半年，他在南特遇见了一位英国青年，金斯敦公爵（Duc de Kingston），这位公爵是由保傅辛克曼（Hinkmann）陪着到法国南方来游历的。布封和金斯敦两人都年轻，都好玩，所以一见就交上了朋友，相约一同游历。本年他们到了日内瓦，布封在那里遇到了几何学家克拉梅（Cramer）。据他自己说，他在数学上最早的、最踏实的知识是从克拉梅那里得来的。他们又去游意大利，先在法国南部游览，走一程，停一程，直到1732年初才到罗马。但是到罗马才三个星期，布封就因母丧奔回狄庸。

布封和金斯敦相处不过一年半光景，但是他所受到的影响却很大，他研究科学的志愿可能就是在这时期确定的。特别是金斯敦的那位保傅辛克曼，他是个德国学者，"爱博物学和爱烟斗一样"，顷刻不能离开，这也许就引起了布封对博物学的兴趣。布封虽和金斯敦、辛克曼二人匆匆分手，却并没有断绝联系。1736年金斯敦曾到巴黎与布封相见，自此布封不断地寄昆虫标本给辛克曼。1738年布封又到伦敦去看他的朋友，在英国住了一年，由金斯敦介绍，与英国贵族往还，同时直接吸取着英国的科学和文学。他崇拜牛顿（Newton），爱读弥尔顿（Milton）的诗和理查孙（Richardson）的小说，爱读后者的小说是因为后者具有"伟大的真实性，并且因为他对描写的一切事物都曾仔细观察"[4]。布封终身讲究仪表，文笔要求庄严、高贵，观察事物入微，可能都是或多或少地受了英国文化的熏陶。

1732年布封奔丧回狄庸后，不到几个月就到巴黎定居。他和当时的许多名流接触，交际繁忙，但是他并不因此而放松研究工作。"有时他赴宴会直到下半夜两点钟才回家，一到五点钟就有个萨伏亚[5]人来拖他的脚，直把他拖到地板上，并且预先约好，如果他发脾气，那萨伏亚人尽可以对他使用武力。他这样起床后一直工作到晚六时"[6]。由于他这样苦学，再加上人缘关系，1734年，他才满二十六岁，就进了法兰西科学院，在力学系当助理研究员。

在科学院期间，他陆续在他的孟巴尔苗圃里做了许多实验，发表了一些有关森林学的报告；1735年，他将英国植物学家赫尔斯（Hales）著的《植物生理与空气分析》译成法文出版，1740年，他又出版了牛顿的《微积分术》法译本，两部书前面都有一篇很有价值的序文。

在这前一年，即1739年，他已经转到科学院的植物学系当副研究员了。同年7月，他又被任命为"法王御花园与御书房总管"[7]。这是决定他终身事业的一件大事。

他经营御花园，除了物质方面的扩建外，还请政府设置了"法国御花园及博物研究室通讯员"的组织，借此网罗着国内外许许多多著名的旅行家、医师和有关博物学的专家、学者，使全世界的动物、植物、矿物的样品、标本和记录都源源而来。他又充实了博物学讲座，担任这些讲座的都是当代的第一流学者。这些大科学家有许多都是布封的后辈，经布封培植出来的，如拉马克（Lamarck，1744—1829）、拉色拜德（Lacépéde，1756—1825），都是布封学说的继承人；拉马克曾创生物自生论和种族变化论，直接启发了达尔文；拉色拜德整理了布封遗著，续成了他的《自然史》。

法国御花园既有了这样丰富的研究资料和这样多的研究人才，自然是名闻世界了，外邦君主如普鲁士的腓特烈二世，俄国的卡德琳女皇都曾自动地赞助这博物学的权威机构，赠送许多样品和标本。美国独立战争时，美方俘获英国船舶，没收一切货物，唯独寄给法国御花园的动物标本、贵重皮毛和珍奇矿石都原封不动，送还给"布封先生"。布封当时的声望可以想见。

但是就布封个人来说，御花园的经营正好为他的另一工作准备条件：他是决心写一部完整的《自然史》[8]的。御花园的皮藏都是他的研究资料，御花园的人才都是他的合作者或助手。同时，他在孟巴尔还有他私人的苗圃、熔炉和铁厂，可以供他做种种实验，还有一批学者如孟拜拉（Guéneau de Montbellard，1720—1785）等，可以替他帮忙起草稿。所以他每年只住巴黎四个月，主持园务，其余时间都住在孟巴尔私宅里埋头著述。他每天五点钟起床，六点钟开始写作，一直写到下午一两点钟，然后吃午饭，睡午觉；五点到七点还是写作；晚上，叫人家读他的作品，他听了，或加解释，或加欣赏，或者准备修改；别人替他起草的也在这时读给他听，他改得很多。这样的生活，四十年如一日[9]。

1748年，他在《学者日报》(Journal des Savants) 上发表了他的《自然史》计划，预计全书为四开本十五册：动物九册，植物三册，矿物三册。但是这范围实在太广了，他后来没有时间写贝类、鱼类、昆虫和微生物。就是经过这样的紧缩，全书还包含三十六巨册，超出原定计划一倍以上。

次年，《自然史》的头三册出版了。第一册是"自然史方法论"和"地球形成概论"，第二册包括"动物通史"和"人类史"，第三册包括"人种演变史"。这三本书一出版就轰动了全欧洲的学术界，很快地各国都有了翻译本。不但科学界注意，连文学界也注意，因为《自然史》的艺术性更高；特别是哲学界，因为"地球形成概论"等于一部科学的"创世记"，当时作为神学堡垒的巴黎大学神学院的教授们很愤激，认为这部书"离经叛道"，要求制裁。布封当然不会忘记一百年前伽利略的故事。伽利略因为发表了地动说被宗教裁判所逼着公开认罪，但是一出裁判所大门就叫道："然而地球究竟是动的呀！"布封也和伽利略一样，坚持着真理，不过他比伽利略做得更聪明些。他恭恭敬敬地写了一封信给神学院诸公，申明他"无意反驳《圣经》"，并且保证将来出版《自然史》第四册时把这封申明书刊在卷首。神学院诸公的怒气平息了，他依然静悄悄地写他的那部反神学的大著。

布封到四十五岁才结婚。妻是一个年轻的孤儿，性情非常和婉，毕生只知道崇拜丈夫的天才，照顾他的生活。这对于布封的学术研究也间接帮忙不少。

结婚的第二年，即1753年，他当选为法兰西研究院院士，这也是他平生的一件大事。

法兰西研究院院士的称号是法国文学家的最高荣誉。院士额定四十人，都是终身职，死一个，补一个，由现存的三十九名院士票选。历来惯例，候选人先要提出申请书，然后一个个地拜访各院士，请求支持。这一年死的院士是桑思总主教（Archevêque de Sens），竞选最烈同时也最有希望的是一位风流自赏的诗人皮隆（Piron, 1689—1773）。不料国王路易十五嫌皮隆轻薄，表示不满。学院便临时决定选布封补缺，并且破例地免除他提申请书、拉选举票等手续，这对于布封来说是一个特殊的光荣。学院还有一个规矩，凡是新院士入院都要做一篇演说，演说内容通常都是歌颂创办研究院的"圣君贤相"和当朝的君主，并且赞美他所补缺的那位已故院士。布封觉得这种俗套太无谓了，尤其是他所递补的那位总主教是一个迂腐的宗教作家，他又怎么能以科学家的身份加以赞扬呢？因而他临时决定赋予他这篇入院演说以一个崭新的内容：他借着研究院的讲坛，堂皇地提出他对于写作方法的主张，大声疾呼地反对当时文坛上一种"绮丽不足珍"的风尚，连在座的许多老资格的院士如孟德斯鸠、玛利佛都受到了指责，新进作家如狄德罗也受到了警告。他说得义正辞严，所以任何人都无法辩驳，在他说话的过程中，有三四次被掌声间断了，这在研究院也很少先例。自此，布封在文学理论上的权威完全确立了。

布封当选院士后。曾于1760年至1761年和1775年两度主持研究院院务，送往迎来，不免费掉他若干时间，但是这并没有影响到他的《自然史》撰写工作。1769年他的妻死了，1771年自己卧病，工作中断了两次，但是时间都不长。所以，一般说来，《自然史》的撰写进度是很规则的。

自1749年至1767年，《自然史》共出了十五册，除前三册内容已见上述外，其余都是写胎生兽类的；自1770年至1783年又出了九册，是鸟类史；自1783年至1788年又出了五册，是矿物史。此外，自1774年至1789年还出了七册补编，其中第二册是他的思想结晶"大自然的各时代"，第七册是他死后由拉色拜德替他整理出版的。

他的著作陆续不断地出版，光荣也陆续不断地增高。各国名流学者都希望一见他的风采，各国君主都以有他的塑像为荣。1777年，法国政府和人民替他在御花园里建起一座铜像，座上用拉丁文写道："献给和大自然一样伟大的天才。"正如法国人所说，布封已经"生入不朽之宫"了。1778年，当他的"大自然的各时代"出版的时候，巴黎大学神学院的大师们看见他变本加厉地"离经叛道"，个个都咬牙切齿，群起而攻；但是他们也知道蚍蜉撼树是无用的，所以都不谈宗教制裁了。

布封1788年4月16日卒于巴黎，活了八十一岁。临死之前还叫人扶着他在御花园里走了一趟，向他那五十年来心血的结晶告别。

布封对于现代学术的第一个大贡献就是把上帝从宇宙的解释中赶了出去。在人们还用"创世记"解释宇宙起源的时代，他"第一个搜罗并解释无数的事实，拿自己的假定补充着事实的不足；第一个把宇宙的历史正确地、详细地、科学地给我们描绘出来"[10]。他把人也放到自然里去研究，他说："从切实考察大自然而来的第一个真理，也许是要使人难为情的，这真理就是他应该把自己放到其他动物一块，他的整个物质方面都像其他动物，也许动物的本能比人的理智还要准确些哩，动物的技巧比人的艺术还要可佩些哩。"[11]他不拉扯任何科学外的影响来解释自然，"首先，没有宗教影响：上帝在他的著作里是不存在的；他不需要上帝"[12]。这并不是说在他的著作里没有"上帝"字样。相反地，为着掩蔽神学家的耳目，他不断地提到造物主。"我老是把造物主的名字抬出来，但是，你只要把这名字换掉，摆上自然力就成了"，他曾这样对人说[13]。

惟其如此，所以他才有许多科学的创见。他指出地球、各行星与太阳的许多相似点,说地球和行星都是冷却的小太阳,这一点,长久没有人否认过。他追求地面变迁的根源,分析地层,拿解释现今地面现象的原因去解释地球初期的现象,这就开了地质学的先河。他研究大地,研究山脉、火山、海流、河川,把观察和解释都建筑在地质学的许多事实上面,从这一点看,现代地理学者也可以把他列为开山祖师之一。

特别在物种起源方面,他"是现代以科学眼光对待这个问题的第一人"[14]。他曾经看出物种是变动的,古代物种没有现代多;他曾经看出弱者被强者淘汰,而生存的物种又由环境、气候、营养的影响而逐渐改良;或者变质,或者变形;他曾经看出有新的物种来代替旧的物种。总之,在那"不断的消灭和更新的永恒过程中",他已经隐约地猜到了"物竞天择"的许多规律,只待拉马克、达尔文诸人来进一步研究,加以发扬。同时他还认为人类之高出于其他动物,是因为他有智慧,有理性;各种人尽可以有形体肤色上的细微差别,文化程度上的不同,然而却都是人类,凡是人类,都应该发挥理性,改良自己,致力于和平建设,改造自然,不应该互相残杀,自取灭亡;所以他反对战争,反对侵略,反对殖民主义。

现代科学的进步是一日千里的。布封在科学上的创见早已被后人超过了。他现在之所以还这样活跃在人们的心里,主要是凭着他在文学方面的贡献。

首先是那篇论文笔的演说。这篇演说在当时曾起"振衰起敝"的作用,现在还是法国文艺理论方面著名的经典著作之一。我们现在读着这篇演说,不免感到有美中不足的地方。比方,他说文笔只是层次和气势,而全篇内容却只谈层次,很少谈到气势;这可能是因为作者把层次和气势二者合而为一。我们知道,层次是理智的事,气势是情感的事,而布封则认为层次、气势乃至文笔的自然、明畅、热力,都应该从义理里发出来,这就把文学的其他要素如情感、想象力等等都完全忽视了。我们追求这种忽视的原因,应该说,布封是思想文学的作家,平生不写诗[15]和小说,而启蒙运动时代也是以思想文学为主流。"这个世纪需要极度的明畅有过于需要爱情,因为只有文笔明畅才能使真理成为大众都能通晓的东西,而向全世界传播真理,正是18世纪所自动负起来的使命"[16],布封的文艺理论正代表着时代的精神,惟其代表着时代的精神,所以也就受到了时代的限制。然而,尽管有这种限制,布封给作家的许多忠告还是有永恒的价值的。比方他说,作文要言之有物,要自己深信才能使人深信;又说,作文要先订计划,讲层次,讲气势;要鞭辟入里,平易近人,等等;这一切都是不勘之论。所以福罗拜尔说:"我曾经很惊讶,我在布封先生'论文笔'的箴言里发现了我们的不折不扣的艺术理论。"可见这位写实派大师对这篇演说的推崇。

其次是《自然史》里的许多动物肖像。布封研究每一个动物都分两部分：现状的描写与史的叙述。描写又分外形的与解剖的两种；史的叙述就是种类的发展和演变，包括生殖、教育、习惯、本能以及"我们所能获得的用处与便利"；为了避免单调，他经常变换描写的方式与叙述的线索。正如他自己所说：对于"有生物类……作家不仅要给它们造成静态的肖像，还要造成活动的画图"。他这些活动的画图都是以科学的观察为基础，透过人生写出来的，往往借物讽世，滋味愈为隽永，所以读者不觉其为科学，只觉得是绝妙的美文。他自己又说：文章里所含的知识、事实与发现"都是身外物，文笔却是人的本身。……如果它是高超的，典雅的，壮丽的，则作者在任何时代都将被赞美"。布封的动物肖像之永远被人赞美，就是因为他有那支高超的、典雅的、壮丽的笔。

再次就是那本《大自然的各时代》。布封对这本书想了五十年，写了十八次，可见这是他的精心结构之作。法国文学批评家法盖（Emile Faguet, 1847—1916）说布封和卢梭是18世纪的两个最伟大的诗人。文学史家朗松更认为，"在某一意义上，他比卢梭更伟大，更崇高。……别人能描写大自然的一些外表……只有布封才赋予自然感以其应有的全部深度；他把自然感变为一种哲学的感动，在这种哲学的感动里，人们一面由外表获得印象，一面还引起一种直觉，觉得有一种不可见的、永恒的力量在大自然中依不变的法则表现着，在这种哲学感动里，人们看着眼前景象就不免凄然地回想到往古，回想到那些辽远时代里许多模糊而惊心动魄的场面，而我们的生存条件只是那些伟大场面寂灭后的残余。大自然的描写在过去只是提供一些绘画的主题，经过布封，就可以变成抒情诗的主题了"[17]。法盖和朗松的批评主要都是针对着《大自然的各时代》而言的。我们很同意他们的看法。不过我们觉得布封给我们提供的抒情诗的主题不仅在于那些惊心动魄的场面的描写，而还在于有关人类征服自然的那些辉煌的叙述，不仅在于使我们缅怀往昔，而还在于使我们憧憬将来，我们劳动人民在这书里感受到的倒是乐观的情绪多而悲观的情绪少。

我们这本小册子是把布封作为文学家来介绍的，因此把他的文章分为三类，希望每一类都能对中国读者有些实际的帮助。

第一类是文艺理论，包含《论文笔》和《写作艺术》两篇。解放以来中国文坛固然已经有了一些炫赫的成就，但是伟大的时代还要求更伟大的作品，这两篇文字可以帮助更伟大的作品的产生。

第二类是动物肖像，我们每篇都是节译最美妙而又最平易的部分。最近中国报纸上已经有不少的动物肖像发表出来，可见读者很需要这一类文字。布封的这些短文不但可以供大众欣赏,还可以给这一类文章的作者以及一般从事科学普及工作者树立楷模。

第三类是科学论文,我们选译的目的在开拓我们文艺工作者的眼界。《论自然史研究法》两篇不仅对科学工作者指示着创造的门径,也是告诉文艺工作者怎样避开前人窠臼,怎样去观察和想象,怎样去扩大胸襟。"洪荒时代"以下各篇就是布封观察和想象的实例。至于最后"人类真正的光荣是科学,真正的幸福是和平"和"人力胜天工"两篇,布封把研究宇宙万物的心得归结到社会人生上来,以充分的科学理由,热烈的救人怀抱,反对战争,呼吁和平,在我们的保卫世界和平运动中,更有其特殊价值。

我们没有找到布封全集,手边只有两个选本[18]和《论文笔》两个单行本[19]。这二十一篇文章都是从这四本书里选来的,大部分注解也都是参照这四本书的注解而加以比较增损的。我们根据的范围既狭,个人的学力又有限,挂漏谬误在所难免,尚待读者和专家指正。

1957年3月,于南京

注释

1 法国文学史家朗松（G. Lanson）说：布封"对文学的贡献是把自然史提供给文学，作为它的一个新领域。这是长久以来文学所曾获得的最美的扩大"。见所著《法国文学史》，第753页。

2 蓝散（Lanessan）说："我不知道是不是应该把布封看作进化论的真正创始人。"见所作《布封全集》序。

3 法国生理学家佛鲁兰斯（Flourens）说："古代所不曾见到的东西，现代最前进的知识分子才勉强见到的东西，布封都把它通俗化了。那是因为他一身兼有思想天才与文笔天才。"见所著《布封著作及思想史》。

4 见布封所译的牛顿《微积分术》序言。

5 Savoie，法国东部省名。

6 见色舍尔（Hérault de Séchelles）的《孟巴尔旅行记》。

7 法王御花园是学术机构，内设植物学、动物学、化学三个讲座。

8 *Histoire Naturelle*，通常译为《博物学》，此处直译为《自然史》较符合该书内容。

9 见色舍尔的《孟巴尔旅行记》。

10 见朗松：《法国文学史》，第751页。

11 见《自然史》，第一卷，"论自然史研究法"。

12 见朗松：《法国文学史》，第751页。

13 见色舍尔的《孟巴尔旅行记》。

14 见达尔文：《物种起源》，1859年版卷首语，"史的回溯"。

15 有一个很著名的轶事：有人读大悲剧家拉辛（Racine）的诗剧给布

封听，他听到最好的地方，便叫道："美呀！美得和散文一样！"

16 见儒尔维尔（Petit de Julleville）:《法国语言文学史》，第六册，第244页。

17 见朗松:《法国文学史》，第753—754页。

18 （a）Buffon: *Pages choisies*, par *Adrien Cart* (Larousse).

(b) Buffon: *Morceaux choisis*, par *René Nollet* (Hachette).

19 （a）Buffon: *Discours sur le Style*, édition publiée avec une introduction et des notes par *Reré Nollet* (Hachette).

(b) Buffon: *Discours sur le Style*, notices et notes par *Henri Guyot* (Hatier).

目 录

文学理论 / 001
  论文笔 / 003
  写作艺术 / 016

动物肖像 / 023
  马 / 025
  狗 / 030
  狼 / 035
  松鼠 / 040
  海狸 / 043
  象 / 049
  鹰 / 055
  鸽 / 059

蜂雀 / *061*

啄木鸟 / *066*

天鹅 / *071*

科学论文 / *079*

论自然史研究法——博物部分 / *081*

论自然史研究法——宇宙发展部分 / *085*

洪荒时代 / *090*

最古的物类 / *092*

海流与火山对地形的影响 / *094*

初民生活 / *097*

人类真正的光荣是科学，真正的幸福是和平 / *100*

人力胜天工 / *113*

附录 / *119*

布封 / *121*

布封的《通讯集》 / *143*

De Buffon

文学理论

论文笔

——布封在法兰西研究院为他举行的入院式典礼席上的演说[1]

诸位先生：

蒙你们召唤我到你们的行列里来，真使我荣幸万分；但是，只有在接受光荣的人能实副其名的条件下，光荣才是宝贵的，我那几篇论文，写得既没有艺术，除大自然本身的藻饰外又没有其他藻饰，我不敢相信，它们竟能使我有足够的资格，厕身于艺术大师之林。诸位都是在这里代表着法兰西文学光辉的卓越人物，诸位的名字现在被各国人民赞扬着，将来还要在我们子子孙孙的口里获得轰轰烈烈的流传，我怎敢就凭那几篇论文来和诸位比肩并立呢！诸位这次属意于我是还有些别的动机的：多年以来我就荣幸地属于另一个著名的学术机构[2]，诸位此次推选我，同时也是为了对于这个学术机构做一个新的崇敬表示。我虽然对双方都应该感激，但并不因之减低了我感激的热诚。今天，我的感激心情迫使我有所贡献，但是我怎样去尽我这个责任呢？诸位先生，我所能贡献给诸位的，不过是诸位自己所已有的一些东西罢了：我对于文章风格的一点见解，是从你们的著作中吸取来的；我是读着你们的著作，赞美着你们的著作，心里才有了这些见解；也只有在你们的光辉照耀之下，这些见解才能顺利地提出来和世人见面。

在历史上各时代里都有一些人，善用言词的力量指挥别的人们。但究竟只有在昌明的世纪里人们才写得好，说得好。真正的雄辩意味着天赋才能的锻炼和学识的修养。它和口才大不相同，口才不过是一种才能，凡是感情热烈、口齿伶俐、想象敏捷的人都可以得到的一种才能。这种人感觉得快，感受得也快，并能把所感所受的东西有力地表达出来；他们以纯粹机械的印射方式把自己的兴奋与感受传递给别的人们。这是躯体对躯体说话，一切动作，一切姿态，都奔向共同目标，起着同样作用。为了感动群众，号召群众，需要的是什么呢？就是对于大部分人来说，为了震动他们，说服他们，需要的是什么呢？一个激烈而动人的腔调，一些频繁的表情的手势，一些急促而响亮的词句，如此而已。但是对于少数的神智坚定、鉴别精审、感觉细致的人，他们和诸位一样，不重视腔调、手势和空洞的字面，那么，就需要言之有物了，就需要有思想，有义理了；就需要善于把这些物、这些思想和义理陈述出来，烘托出来，序列起来了：专门耸人视听是不够的，还需要在读者的心灵上发生作用，针对他的智慧说话以感动他的内心。

文章笔法，它仅仅是作者放在他的思想里的层次和气势。如果作者把他的思想严密地联贯起来，如果他把思想排列得紧凑，他的文笔就变得坚强、遒劲而简练；如果他让他的思想慢吞吞地互相承继着，只利用一些字面把它们联接起来，则不论字面是如何漂亮，文笔却是冗散的，松懈的，拖沓的。

但是，在寻找表达思想的那个层次之前，还需要先拟定另一个较概括而又较固定的层次，在这个层次里只应该包含基本见解和主要概念：把这些基本见解和主要概念一安排到这初步草案上来，题材的界限就明晰了，题材的幅度也就认清了；作者不断地记起这最初的轮廓，就能够在主要概念之间确定出适当的间隔，而用于填充间隔的那些附带的、承转的意思也就产生出来了。凭着天才的力量，作者可以看到全部的意思，这些意思不论是概括的或个别的，都能以真正应有的角度呈现在他的眼前；凭着辨别力的高度精审，作者就能把空无一物的意思和富有孳乳力的概念分别出来；凭着长期写作习惯养成的慧眼，作者就能预先感觉到他这全部的精神活动会产生出什么样的成果来。只要题目稍微广阔一点或者复杂一点，要想能一眼看到全题，或者凭天才的最初一下努力就能参透整个的题目，那是很稀少的事；就是经过许多思索之后，想掌握题材的全部关系，那也还是很稀少的事。因此，揣摩题目，应该不厌其烦；甚至于这是唯一的方法，可以使作者充实、扩张并提高他的思想：作者愈能借冥想之力赋予思想以实质和力量，则下笔时用文词来表出思想就愈为容易。

这种草案还不能算是文笔，但它却是文笔的基础；它支持文笔，领导文笔，调节文笔的气势而使之合乎规律；不如此，就是最好的作家也会迷失路途，他的笔就像无缰之马，任意走着，东画一些不规则的线条，西画一些不调和的形象。不管他用的色彩是多么鲜明，不管他在细节里散播些什么美妙的词句，由于全文不调协，或者没有足够的感动力，这种作品绝不能算是结构完整的作品；人们一面佩服着作者的智慧，但一面也很可以怀疑他缺乏天才。惟其如此，所以有些写文章和说话一样的人，虽然话说得很好而文章却写得很差[3]；惟其如此，所以有些人凭着想象力的灵机一动，起调很高，以后却无以为继；惟其如此，所以又有些人生怕一些孤立的、稍纵即逝的思想散失无存，便在不同的时间里写下许多零篇断什，然后又只好勉强地、生硬地把这些零篇断什连缀起来；总之，惟其如此，所以七拼八凑的作品才这样多，一气呵成的作品才这样少。

然而，任何主题都有其统一性，不管主题是多么广阔，都可以用一篇文章包括净尽。间断，停息，割裂[4]，似乎应该只有写不同的主题时才用得着，或者要写的事物太广大，太棘手，太庞杂，才思的运行被重重的障碍间断了，被环境的需要限制了，那时候才用得着间断、停息与割裂。否则，割裂太多，不特不能使作品坚强有力，反而破坏衔接；写成的书，乍一看似乎很清楚，但是作者的用意却始终是隐晦的。作者的用意要想印入读者的头脑，甚至于只想叫读者感觉到，那都完全要凭线索的联贯，意思的和谐呼应，要凭逐步发挥、层层抽剥、气势匀整，这一切，一间断就没有了，或者就松懈了。

为什么大自然的作品是这样的完善呢？那是因为每一件作品都是一个全体，因为大自然造物都依据一个永恒的计划，从来不离开一步；它不声不响地准备着它的产品的萌芽；它以一个单一的活动草创着任何一个生物的雏形；然后它以绵续不断的动作，在预定的时间内，发展这雏形，改善这雏形。这种成品当然使人惊奇，但是真正应该使我们震惊的却是物象所表现出来的那种神的印迹[5]。人类精神是绝不能凭空创造什么的；它只有从经验与冥想那里受了精之后才能有所孕育。它的知识就是它的生产的萌芽；但是，如果它能在大自然的进行中、工作中去摹仿大自然，如果它能以静观方法达到最高真理，如果它能把这些最高真理集合起来，联贯起来，用思维方法把它们造成一个整体、一个体系，那么，它就可以在坚固不拔的基础上建立起不朽的巨著了。

就是由于缺乏计划，由于对对象想得不够，所以一个聪明人才感到处处为难，不知道从哪里下笔。他同时想到许许多多的意思，却因为他既没有拿这些意思互相比较，又没有把它们联属起来，所以他就没有标准来决定取舍，因而他待在那里糊里糊涂，不知所措。

但是，只要他能先定好一个计划，然后把题材的所有主要意思都集拢起来，分别主从先后排列起来，他就很容易看出何时应该动笔，他就感觉到他的腹藁的成熟，急于要和孵小鸡似的把它孵出来，他动起笔来甚至于只感到愉快：意思很容易地互相承续着，文笔一定是既自然而又流畅；热力就从这种愉快里产生出来，到处传播着，给每一个词语灌注着生气；一切都渐渐活泼起来；笔调提高了，所写的事物也就有了色彩；情感结合着义理的光明，便更增加这光明，使它愈照愈远，由已写的照耀到未写的，于是文笔就变得隽永而明丽了。

有些人想在文章里到处布置些惊人的语句[6]，这种意图是完全和文章的热力背道而驰的。光明应该构成一整个的发光体，均匀地散布到全文，而那些惊人语句就像许多火星子，只是拿许多字眼互相撞击着、勉强使它们迸出来的，它们只闪一闪，炫耀一下我们的眼睛，然后又把我们丢到黑暗里了，这种火星子是最违反真正的光明的。那些都是仅仅凭着正反对比始显出光辉的一些思想：作者只呈现出事物的一面，而将其余的各面一概藏到阴影里；通常，他所选择的这一面，只是一个点、一个角，作者可以在上面卖弄才情，这一点、一角离事物的广大面愈远，则卖弄才情愈为容易，而人类常情之考察事物却正是要从事物的广大面着眼的。

还有些人喜欢运用那些纤巧的思想，追求那些轻飘的、空灵的、无实质的概念[7]，这种巧思妙想就和金箔一样，只有在失去坚固性时才能获得光芒，这种巧思妙想的追求是恰恰违反真正的雄辩的。因此，作者在文章里把这种浅薄的、浮华的才调放得愈多，则文章愈少筋骨，愈少光明，愈少热力，也就愈没有文笔；除非这种才调本身就是题材的内容，作者本意只在谐谑，没有其他目标：那么，在这种场合下谈论小事物的艺术也许比谈论大事物的艺术还要困难些哩[8]。

又有些人，呕尽心血，要把平常的或普通的事物，用独特的或铺张的方式表达出来，没有比这个更违反自然美的了，也没有比这个更降低作家品格的了。读者不特不赞赏他，却反而要可怜他：他竟花了这样多的工夫锤炼铿锵的字句而结果只是人云亦云。这个毛病，是智慧有了培养却还华而不实的毛病；这种人有的是字眼儿，却毫无思想；因此他们在字面上做功夫，他们排比了词句就自以为是组织了意思，他们歪曲了字义，因而败坏了语言，却自以为是纯化了语言。这种作家毫无文笔，或者也可以说，只有文笔的幻影。文笔是应该刻画[9]思想的，而他们只晓得涂抹空言。

所以，为了写得好，必须充分地掌握题材，必须对题材有足够的思索，以便清楚地看出思想的层次，把思想构成一个联贯体，一个绵续不断的链条，每一个环节代表一个概念。并且，拿起了笔，还要使它遵循着这最初的链条，陆续前进，不使它离开线索，不使它忽轻忽重，笔的运行以它所应到的范围为度，不许它有其他的动作。文笔的谨严在此，构成文笔一致性的、调节文笔徐疾速度的也在此；同时，这一点，也只要这一点，就够使文笔确切而简洁、匀整而明快、活泼而贯串了。这是天才所订定的第一条规律，如果在遵守这第一条规律之外，作者更能鉴别精微，审美正确，征词选字不惜推敲，时时留心只用最一般的[10]词语来称呼事物，那么，文笔就典雅了。如果作者再能对他灵机初动的结果不轻易信从，对一切华而不实的炫赫概予鄙弃，对模棱语、谐谑语经常加以嫌恶，那么，他的文笔就庄重了，甚至于就尊严了。最后，如果作者能做到怎样想就怎样写，如果预备说服人家的东西，自己先深信不疑，则这种不自欺的真诚就构成对别人应有的正确态度，就构成文笔的真实性，这就能使文章产生它的全部效果。不过，这也还需要把内心深信的事物不用过度的兴奋表示出来，还需要处处显出纯朴多于自信，理智多于热情。

上述各点，诸位先生，我读着你们的作品，仿佛你们就是这样对我说的，就是这样教导我的。我的心灵，它如饥如渴地吸取着你们这些至理名言，很想飞腾起来，达到你们的高度。然而，枉然！你们又告诉我，规则不能代替天才；如果没有天才，规则是无用的。所谓写得好，就是同时又想得好，又感觉得好，又表达得好；同时又有智慧，又有心灵，又有审美力。文笔必须有全部智力机能的配合与活动；只有意思能构成文笔的内容，至于词语的和谐，它只是文笔的附件，它只依赖着官能的感觉；只要耳朵灵敏一点就能避免字音的失调，只要多读诗人和演说家的作品，耳朵有了训练，精于审音，就会机械地趋向于模仿诗的节奏和演说的语调。然而，模仿从来也不能创造出什么；所以这种字句的和谐不能构成文笔的内容，也不能构成文笔的格调，常常言之无物的作品里，字句也不见得不和谐。

格调不过是文笔对题材性质的切合，一点也勉强不得，它是由内容的本质里自然而然地产生出来的，要看作者能否使他的思想达到一般性的程度来决定。如果作者能上升到最一般的概念，而对象本身又是伟大的，则格调也就仿佛提到了同样的高度；并且，如果天才能一面把格调维持在这高度上，一面又有足够的力量给予每一对象以强烈的光明，如果作者能在素描的刚健上再加以色彩的绚丽，总之，如果作者能把每一概念都用活泼而又十分明确的形象表现出来,把每一套概念都构成一幅和谐而生动的图画,则格调不仅是高超的,而且是壮丽的。

说到这里,诸位先生,讲规则也许不如讲实际应用易于使人明了,举出实例来也许比空讲箴言更易使人获益;但是,你们那些壮丽的篇章,当我读着你们的著作时那么时常使我眉飞色舞,现在既不容许我一一征引,我只好限于说出一些感想。只有写得好的作品才是能够传世的:作品里面所包含的知识之多,事实之奇,乃至发现之新颖,都不能成为不朽的确实保证;如果包含这些知识、事实与发现的作品只谈论些琐屑对象,如果它们写得无风致,无天才,毫不高雅,那么,它们就会是湮没无闻的,因为,知识、事实与发现都很容易脱离作品而转入别人手里,它们经更巧妙的手笔一写,甚至于会比原作还要出色些哩。这些东西都是身外物,文笔却是人的本身[11]。因此,文笔既不能脱离作品,又不能转借,也不能变质。如果它是高超的,典雅的,壮丽的,则作者在任何时代都将被赞美,因为,只有真理是持久的,甚至于是永恒的。我们知道,一个美的文笔之所以为美,完全由于它所呈献出来的那些无量数的真理。它所包含的全部精神美,它所赖以组成的全部情节,都是真理,对于人类智慧来说,这些真理,比起那些可以构成题材内容的真理,是同样的有用,也许还更宝贵些哩。

壮丽之美只有在伟大的题材里才能有。诗、历史和哲学都有同样的对象,并且是一个极伟大的对象,那就是人与自然。哲学讲述并描写自然;诗则描绘自然,并且加以美化:它也画人,加以放大,使之突出,它创造出许多英雄和神祇。历史只画人,并且画得恰如其分;因此,历史家只有在给最伟大的人物画像的时候,在叙述最伟大的行为、最伟大的运动、最伟大的革命的时候,笔调才变成壮丽的;而在其他的一切场合,他的笔调只要是尊严的,庄重的,就够了。哲学家每逢讲自然规律、泛论万物的时候,述说空间、物质、运动与时间的时候,讲心灵、人类精神、情感、热情的时候,他的笔调是可以变成壮丽的;在其他的场合,他的笔调能典雅、高超就够了。但是演说家与诗人,只要题材是伟大的,笔调就应该经常是壮丽的,因为他们有权结合着题材的伟大性,恣意地加上许多色彩,许多波澜,许多幻象;并且也因为,他们既然应该经常渲染对象,放大对象,他们也就应该处处使用天才的全部力量,展开天才的全部幅度。

向研究院诸先生致词[12]

诸位先生,在这里有这样多的伟大的对象引起了我的深刻注意!我应该用什么样的文笔,什么样的语调才能恰如其分地把它们描绘出来、表现出来?一群出类拔萃的人物聚在一起了:睿智之神站在他们的前列,光荣之神坐在他们中间,把他的光辉散布在每一个人的身上,以始终如一、日新月异的光彩覆盖着他们全体。从他那不朽的冠冕上放射出更辉煌的光线,到世界上最威武最仁厚的君主[13]的尊严的额头上集中起来。我现在仿佛看见了他,这位英雄,这位仁君,这位受爱戴的人主。他的全部面容显出多么高贵啊!他的全身仪表显出多么威严啊!他的眼光里蕴含着多少性灵,多少慈祥啊!诸位先生,他把眼光转向你们,你们就闪烁着新的光彩,你们心里就燃烧着一个更强烈的热情;我仿佛已经听到了你们的风雅之音,你们的和谐之调。你们齐声歌唱着,以赞美他的圣德,颂扬他的武功,欢呼我们的幸福;你们齐声歌唱着,以倾吐你们的忠诚,表达你们的爱慕,把这位大王和他的后裔所应得的人民爱戴之情传播给我们的子子孙孙。多么美妙的音乐合奏啊!它深入了我的心灵,它将与路易的荣名同垂不朽。

在远景里,又是多少伟大的对象构成了一幅画面啊!我看到法兰西的护国之神,他启发着黎世留[14],同时传授他教化人民的技术和辅弼君主的才能;我看到正义之神和学术之神,他们领导着奚杰[15],协力地把他提升到正义与学术之宫的首座;我看到胜利之神,他在我们历代君主的凯旋车前大踏步地前进着,车中有大路易[16],坐在许多战利品上,一手拿着和平授予战败各国,另一手把分散各处的文艺之神召集到这座宫殿[17]里来。还有,诸位先生,就是近在我的身边,又是一个多么动人的对象啊！宗教之神流着眼泪，他来借这里的雄辩的喉舌表达出他的哀思，他仿佛在嗔怪我话说得太多，耽误了你们对这一个大家应该和他同声轸念的损失[18]表示哀悼。

写作艺术[19]

要想写得好，就必须把内心的热力和智慧的光明结合起来。心灵接受到这双重感应就不会不愉快地活动起来，奔赴那提出的对象，它接触了那个对象之后，便紧紧抓住那对象，拥抱那对象，它只有在自己充分地享受了那对象之后，才能用思想的表达方法使别人也能享受到它。能如此，作者的手自然就能随心所欲地写出那些思想，而细心的读者也就自然能分取作者的精神享受了。如果对象是简单的，作者只要有刻画的艺术就足以应付了。但是，如果对象是复杂的，那么除了刻画的艺术而外他还必须具有组合的艺术，就是说还有依一定次序设想的艺术，耐心思维的艺术，准确比较的艺术，在设想、思维、比较的同时，把零散的观念集合起来,构成一个连续不断的链条,在脑子里陆续呈现出该对象的全部各面。

因此,随着不同的对象,写法就应该大不相同,就是写表面上似乎最简单的对象,文笔固然要保持着简单性,但另一方面却也还不能千篇一律。一个大作家绝不能有一颗印章,在不同的作品上都盖着同一的印章,这就暴露出天才的缺乏。但是,尤足以显示这种天才贫乏的,还是那种装腔作势、与本题无关的虚伪才调。我们知道,真正的才调只有题目本身才能提供出来。我们青年作家的通病就是要处处显出才调。他们就不晓得,他们这种才调,如果不是从题目的内容里抽绎出来的,就只能妨害题旨的畅达,他们就不晓得,在不合适的地方种花,就等于栽荆棘。他们多有一点天资,就无须外求,自然会从题目的本身找出全部应用的才调来。如果他们是从好的文章模范里养成了审美能力,则他们不但会抛弃那种从题外硬拉来的才调,甚至于连想也不会想到去硬拉。有了这种审美能力,他们自然会在那些只须描绘就够醒豁的题目里避免任何晦涩的词语,任何硬凑的警句。在这种场合下,题目只是一个具体的事物,应该以忠实的线条、调和的色彩画出它的形象来。

刻画和描写是不同的两件事:描写只需要眼力,而刻画则需要天才。虽然二者都趋向同样的目标,却不能相提并论。一篇描写,总是陆续地、冷静地表出事物的各部分,描写越细就越难引人入胜。刻画则相反，它先只抓住最突出的各点，结果却能留下事物的迹象并赋予以生命。

要描写得好，能冷静地观察就够了，但是，为了刻画，就必需五官并用。看看，听听，摸摸，闻闻，那都是事物的特征，作者必须亲自领略到，并且以强劲的笔力表现出来。他必须拿色彩的细致和笔锋的骨力结合起来，配合色调，变化深浅，或用浓妆，或用淡抹，最后构成一个活的整体。这种活的整体，如果用描写方法，就只能表出些死沉沉的零散部分。

有人要问了，我们用词句来构成一个素描，用字眼来显出许多色彩，是不是可能的呢？我们回答说，是可能的，并且，不仅是可能的，如果作家有天才，有手法，有审美力，则他的文笔，他的词句，他的字眼甚至于比画家的画笔和颜色还要有效力些。一个赏鉴家看见了一幅美的画面，他所得到的印象是什么呢？他凝神看着，越看得久就越欣赏、越赞叹。他领略到了画中的一切美，一切光线，一切色彩。一个作家要想刻画，就必须设身处地学这个赏鉴家，获得同样的印象，把这些印象传递给读者，使读者接受到它们，和赏鉴家凝神看画时接受到那些印象一样。

大自然呈献给我们的一切物品，特别是有生物类，无一不是给我们出的题目，作家不仅要给它们造成静态的肖像，还要造成活动的画图，在这个活动的画图里，所有的形态都要陆续显现出来，一笔一画都要像活的，并且总起来还要呈献出对象的全部外在特征。

假定一个作家和一个画家天才相等，作家却比画家多一个更大的方便：他能支配时间，使景象一幕一幕地承续着，而画家呢，他只能表现出当时的情节。因此，他只能产生出一种突然的惊奇、刹那的赞赏，对象一消失，这种赞赏也就幻灭了。大作家则不然，他不但能产生出这种使人一见惊奇的赞赏，并且还能长久地烘暖着、燃烧着读者的心灵，因为他能表现出好几个情节，个个情节都有热力，并且，这些情节结合在一起，放射着光芒，因而就能铭刻在读者的记忆里，离对象而独立地永远存在着。

人们经常拿诗来比画，但是人们从来没有想到散文之能刻画，有胜于诗。律和韵都妨碍画笔的自由，为着多一个音节或少一个音节，许多刻画形象的词语，都被诗人无可奈何地放弃了，而散文作家则能有利地加以运用。文笔既然仅仅是作家放在思想里的层次和气势，则一有武断的公式，文笔就必然被束缚住了，或者停顿太多，速度一被减低，匀整一被破坏，文笔也就必然被间断了。

注释

1 布封于1753年6月23日当选为法兰西研究院院士,补已故院士桑思总主教兰格·得·热尔日的遗缺;8月25日举行入院式。因演说内容是谈文笔,所以后人称之为《论文章风格的演说》(*Discours sur le Style*)。

2 布封自1734年起就参加法国科学研究院工作。

3 这里可能是暗指狄德罗。

4 这里是指法兰西研究院另一院士孟德斯鸠。布封在这里曾自己加了一个小注,说:"我在这里所说的,当时是想到《法意》一书,在内容方面这是一部极好的著作,人家所能责备求全的只是割裂太多。"

5 原文是empreinte divine,也可以译为"神奇的印迹",法国资产阶级的注释者大都钻空子,直说布封在这里指的是"上帝的手迹"。

6 这里可能是暗指另一院士冯特纳尔(Fontenelle, 1657—1757)及其崇拜者。

7 这里是指另一院士玛利佛(Marivaux, 1688—1763);玛氏的玲珑而浮艳的文笔风行一时,布封颇不欣赏。

8 批评家格林(Frédéric-Melchior Grimm, 1723—1807)说:"我们应该相信,布封先生加这最后的一点感想是为着安慰他的新同事中的几个人的,这几个人只能以浅薄而浮华的才调享名一时。但是他这一点感想并不正确。说小事物的艺术永远是一个很浅薄、很藐小的艺术,只有天才才能说伟大的事物;艺术是不能把藐小变成伟大的。……我所谓之小事物,是指使一个人获得'才子'之一时浮名的那些小品文字……"

9 法文 style（文笔）一词，源出拉丁语 stilus（刻字刀），正如中国的"笔"是从"刀"演变而来的一样，所以"刻画"一词在这里用得非常恰当而有力。

10 "一般的"，原文是 Général；布封用这个字，是指平易近人、没有专门学识的人也能懂的词语，同时也指最能表达事物的全部基本特性的词语。下文所说的"一般性（Généralité）"，"最一般的概念"，都含"能概括而又能深入浅出"的意思。

11 这是布封的一句名言，在法国常被引用，也常被误解，因为有许多人把它释为"文如其人"。

12 这种歌功颂德的致辞是法兰西研究院对新院士入院的传统要求。我们立刻感到，致词的笔调突然转变了。我们没有删去这段俗套，是为着保持原作的完整，同时也使读者看见法兰西研究院一般新院士入院致词的梗概。

13 指当时的法兰西国王路易十五。

14 黎世留（Richelieu, 1585—1642），路易十三王朝的首相，法兰西研究院的创始人。

15 奚杰（Séguier, 1588—1672），路易十三及路易十四两朝的掌玺大臣，大理院院长，法兰西研究院的第一个保护人。

16 即路易十四，他的朝代（1643—1715）是法兰西王权最隆盛时期。奚杰死后，他直接成为法兰西学院的保护人。

17 指卢弗尔王宫，从前法兰西研究院就在这王宫里开会。

18 指桑思总主教之死。布封连他的名字都不肯提。

19 这是一篇孤立的短文，被后人在整理遗稿时发现的，可能是一个残篇。文后没有注明写作年月，据推测，它应该是在"论文笔"的演说稍前或稍后一点写成的。虽然这篇短文里的意思与"论文笔"里的有若干相似乃至相同，但二者之间却有基本上的差异。"论文笔"里的基本观念是：作家的全部才能都应该归结到理智，理智想象一切，组织一切，并且灌输生气；作品的一切优点如气势、热力、热情等等都是从思想的层次里产生出来的。这篇文章却劈头就说："要想写得好，就必须拿内心的热力和智慧的光明结合起来"，又说："只有在自己充分地享受了那对象之后，才能用思想的表达方法使别人也能享受到它。"两文相较，我们可以说，这一篇对作家运思的过程分析得没有"论文笔"那么细致，但是却不像"论文笔"那样太偏；而且，作者要求对于生物，"作家不仅要给它们造成静态的肖像，还要造成活动的画图"，这正是"自然史"里那些动物肖像的注脚。所以，如果说"论文笔"是一个文学理论家的文字，这一篇则是一个文学作家的经验谈，后者可以补前者的不足。

De Buffon

动物肖像

马

　　人类所曾做到的最高贵的"征服",就是征服了这豪迈而剽悍的动物——马。它和人同受着战争的辛苦,同享着战斗的光荣;它和它的主人一样,具有无畏的精神,它眼看着危急当前而慷慨以赴;它听惯了兵器搏击的声音,它喜爱它,追求它,受着同样热忱的鼓舞;它也和主人共欢乐:在射猎时,在演武时,在赛跑时,它也精神抖擞,耀武扬威。但是它驯良不亚于勇毅,它一点也不逞自己的烈性,它知道节制自己的动作:它不但屈从驾驭者的操纵,还仿佛窥伺着驾驭者的颜色,它经常按照着主人表情方面给予它的印象而奔腾,而缓步,而停止,它的一动一静都仅仅为了满足主人的要求。这是一个天生来就为着舍己从人的动物，它甚至于会迎合别人的心意，它用动作的敏捷和准确来表达着、执行着别人的意旨，人们希望它感觉到多少它就能感觉到多少，它所表现出来的总是在恰如人愿的程度上。因为它无保留地贡献出自己，所以它不拒绝任何使命，所以它尽一切力量来为人服务，它还要超越自己的力量，甚至于舍弃生命以求服从得更好。

以上所述，是才能已经获得发展的马，是天然品质已被人工改进过的马，是从小就被人保育、后来又经过训练、专为替人服务而培养出来的马；它所受的教育以丧失自由而开始，以接受束缚而终结：这种动物的被奴役或驯养已经太普遍、太悠久了，以至我们看到它们时，它们很少是在自然状态中：它们在劳动中经常是披着鞍鞯；人家永远不解除它们的羁绊，纵然是在休息的时候；如果有时人家让它们在牧场上自由地闲游，它们也还永远带着被奴役的标识，并且还时常带着劳动与痛楚的残酷的痕迹：嘴，由于衔铁嚼子勒成了皱纹而变形了；腰，有了疮痍或被马刺刮出一条条的伤疤了；趾甲，也钉上许多钉了。由于惯受羁绊而存留下来的迹象，它们的浑身姿态都显得不自然：你现在就是把它们的羁绊解脱掉也是枉然，它们也不会因此而显得更自由活泼些。就是那些被奴役状况比较和缓的马，那些只为主人摆阔绰、壮观瞻而喂养、而供奉着的马，那些不是为装饰它们本身，却是为满足主人的虚荣而戴着镀金链条的马，对它们来说额上覆着的那一撮妍丽的毛，项鬣编成的那些细辫，满身盖着的丝和黄金，其侮辱性也并不亚于脚下的铁掌。

自然要比人工更美丽些，在一个动物身上，动作的自由就构成美丽的自然。你们试看看那些繁殖在南美各地自由自在生活着的马匹吧：它们行走着，奔驰着，腾跃着，既无拘束，又无节制；它们因不受羁勒而感觉自豪，它们避免和人打照面；它们不屑于受人照顾，它们寻找着，并且自己就能找到适合于它们的食粮；它们在那无边的草原里自由地闲游着、蹦跳着，在那里它们采食着一种四季皆春的气候所经常供给的新鲜产品；它们既无一定的住所，除了晴朗的天空外又无任何其他的庇荫，因此它们呼吸着清新的空气；这种空气，比把它们关闭在那些圆顶宫殿里，又把它们应占的空间加以压缩以后要纯洁得多：所以那些野马特别强壮，特别轻捷，特别遒劲，远超过大部分的家养马；它们有大自然赋予的美质，就是说有充沛的精力和高贵的精神，而所有的家养马都只有人工所能赋予的东西，即技巧与妍媚而已。

这种动物的天性绝不凶猛，它们只是豪迈而生野。虽然力量在大多数动物之上，它们却从来不攻击其他动物；如果它们遭到其他动物的攻击，它们并不屑于和它们搏斗，只是赶开它们或者踏死它们。它们也是成群来往的，不过它们之所以团结成群，纯粹是为着群居之乐；因为，它们一无所畏，原不需要团结御侮，但是它们彼此依恋之情却太深了。由于草木足够作它们的食粮,由于它们有充分的东西来满足自己的欲望,又由于对动物的肉毫无兴趣,所以它们绝不对其他动物作战,也绝不互相作战,也不互相争夺生存资料;它们从来不做追捕一个小兽或向同类抢劫一点东西的事情,而这种追捕和抢劫正是其他肉食兽类互争互斗的根源:所以马总是和平生活着的,其原因就是它们的欲望简单,又有足够的生活资料,无需互相贪嫉。

这一切,我们只要看看人家放在一处饲养,并且成群放牧着的那些小马,就可以观察得很清楚:它们有温和的习性和合群的品质;它们的力量和锐气通常只是在竞赛的表现中流露出来;它们跑起来都要努力占先,它们争着过一条河,跳一条沟,练习着冒险,甚至于见着危险便更加起劲;而在这些自发的练习当中,凡是肯做榜样的马,凡是自动领头的马,都是最勇敢、最优良的,并且,一经驯服,常常又是最温和,最柔顺的[1]……

在所有的动物中间,马是身材高大而身体各部分又都配合得最匀称、最优美的。因为,如果我们拿它和比它高一级或低一级的动物相比,就发现驴子长得太丑,狮子头太大,牛腿太细太短,与它的粗大身躯不相称,骆驼是畸形的,而最大的动物,如犀,如象,都可以说只是些未定形的肉团。颚骨前伸本是兽类头颅不同于人类头颅的主要原因,也是所有动物的最卑贱的标识,然而,马的颚骨虽然也大大地向前伸着，它却没有如驴的那副蠢相，如牛的那副呆相。相反地，由于它的头部的比例整齐，它却有一种轻捷的神情，而这种神情又恰好被颈部的美烘托着。马一抬头，就仿佛想要超出它那四足兽的地位；在这样的高贵姿态中，它和人面对面地相觑着；它的眼睛闪闪有光，并且形状很美；它的耳朵也长得好，并且不大不小，不像牛耳太短，驴耳太长；它的鬣毛正好和它的头相称，装饰着它的项部，给予它一种强劲而豪迈的模样；它那下垂而丰盛的尾巴覆盖着，并且适宜地结束着它的身躯的末端：马的尾和鹿、象等兽的短尾，驴、骆驼、犀牛等兽的秃尾都大不相同，它是密而长的鬃毛构成的，仿佛这些鬃毛就直接从屁股上生长出来，因为长出鬃毛的那个小肉桩子很短。它不能和狮子一样翘起尾巴，但是它的尾巴虽然是垂着的，却于它很适合，因为它能使尾巴向两边摆动，所以它就有效地利用着尾巴来驱赶苍蝇，这些苍蝇很使它苦恼，因为它的皮虽然很坚实，又满生着厚密的短毛，却还是十分敏感的。

狗

身材的高大,形状的清秀,躯体的有力,动作的灵活,这一切外在的品质,就一个动物来说,都不能算是它的最高贵的部分。正如我们论人,总是认为精神重于形貌,勇气重于体力,情感重于妍美,同样地,我们也认为内在的品质是兽类的最高尚的部分。就是由于有这些内在的品质它才与自动的傀儡不同,才能超出植物界而接近于我们人类。动物生命之所以能够升华是由于它有情感,是情感统治着它的生命、使它的生命活跃起来,是情感指挥着它的官能、使它的肢体积极起来,是情感产生着欲望,并赋予物质以进展运动、以意志、以生气。

所以,兽类的完善程度要看它的情感的完美

程度：情感的幅度愈广，这个兽就愈有能力，愈有办法，愈能肯定自己的存在，愈能多与宇宙的其他部分发生关系；如果它的情感再是细致的，锐敏的，如果这情感还能由教育而获得改进，则这种兽就配与人为伍了；它就会协助人完成计划，照顾人的安全，帮助人，保卫人，谄媚人；它会用勤勉的服务，用频繁的亲热表示来笼络主人，媚惑主人，把它的暴君改变为它的保护者。

狗，除了它的形体美以及活泼、多力、轻捷等优点而外，还高度地具有一切内在的品质，足以吸引人对它的注意。在野狗方面，有一种热烈的、善怒的乃至凶猛的、好流血的天性，使所有的兽类都觉得它可怕，到了家狗，这天性就让位于最温和的情感了，它以依恋为乐事，以得人欢心为目的了。它匍匐着把它的勇气、把它的精力、把它的才能都呈献于主人的脚前；它等候着他的命令以便使用自己的勇气、精力和才能，它揣度他，询问他，恳求他，使个眼色就够，它懂得主人意志的轻微表示；它不像人那样有思想的光明，但是它有情感的全部热力；它还比人多一个优点，那就是忠诚，就是爱而有恒：它没有任何野心、任何私利、任何寻仇报复的欲望，它什么也不怕，只怕失掉人的欢心；它全身都是热诚，勤奋，柔顺；它敏于感念旧恩，易于忘怀侮辱，它遇到虐待并不气馁，它忍受着虐待，遗忘掉虐待，或者说，想起虐待是为得更依恋主人；它不但不恼怒，不脱逃，准备挨受新的苦痛，它舔着刚打过它的手，舔着使它痛楚过的工具，它的对策只是诉苦，总之，它以忍耐与柔顺逼得这只手不忍再打。

狗比人更驯良，比任何走兽都善于适应环境，不但学什么很快地就会，甚至于对于指挥它的人们的举动、态度和一切习惯，都能迁就，都能配合。它住在什么人家里就有了那人家的气派，正如一切的门客仆从一样，它住在阔佬家里就傲视一切，住在乡下就有村俗气。它经常忙于奉承主人，只逢迎主人的朋友，对于无所谓的人就毫不在意，而对于那些被社会地位所决定的、生来就只会讨人嫌的人们就是生死冤家。它看见衣服，听见声音，瞟到他们的举动就认得出是那班人，不让他们走近。当人家在夜里嘱咐它看家的时候，它就变得更自豪了，并且有时还变得凶猛。它照顾着，它巡逻着。它远远地就知道有外人来，只要外人稍微停一停，或者想跨越藩篱，它就奔上去，进行抗拒，以频频的鸣吠，极大的努力，恼怒的呼声，发着警报，一面通知着主人，一面战斗着；它对于以劫掠为生的人和对于以劫掠为生的兽一样，它愤激，它扑向他们，咬伤他们，撕裂他们，夺回他们所要努力抢去的东西。但是它一胜利就满意了，它伏在夺回的东西上面，就是心里想吃也不去动它，它就是这样，同时做出了勇敢、克制和忠诚的榜样。

我们只要设想一下，如果世上根本没有这类动物，是一种什么情况，我们就会感觉到它在自然界里是如何的重要了。假使人类从来没有狗帮忙，他当初又怎么能征服、驯服、奴役其他的兽类呢？就是现在，没有狗，他又怎么能发现、驱逐、消灭那些有害的野兽呢？人为了自己获得安全，为了使自己成为宇宙中有生物类的主宰，就必须先在动物界里造成一些党羽，先把那些显示能够依恋、服从的动物用柔和和亲热的手段拉拢过来，以便利用它们来对付其他动物；因此，人的第一个艺术就是对狗的教育，而这第一个艺术的成果就是征服了、占有了大地。

大部分的动物都比人更敏捷、更有力，甚至于更勇敢些。大自然给它们配备的、给它们武装的，都比人要优越些：它们的感官也都比人的更完善，特别是嗅觉。人拉拢到了像狗这样勇敢而驯良的一个兽类，就等于获得了新的感官，获得了我们所缺乏的机能。我们为了改善我们的耳目，扩大视听的范围，曾发明许多器械，许多工具，但是器械也好，工具也好，纵然只就功效而论，也都远比不上大自然送给我们的这种现成的器械——狗，它补充我们的嗅觉之不足，给我们提供出战胜与统治一切物类的巨大而永恒的力量；忠于人类的狗，将永远对于其他畜类保持着一部分的权威和高一等的身份：它指挥着其他畜类，它亲自率领着牧群，统治着牧群，它使牧群听从它，比听从牧人的话还有效；安全、秩序与纪律都是它戒慎辛勤的成绩；那是归它节制的一群民众，由它领导着，保护着，它对民众永远不使用强力，除非是要在它们中间维护和平……

狼

　　狼是那些食肉的馋欲最强烈的野兽之一。虽然它从大自然方面、和这贪馋的胃口同时，接受到满足这胃口的一切方法，虽然大自然曾赋予它以武器，以狡诈，以矫捷，以气力，总之，曾赋予它为了寻获、攻击、战胜、攫取和吞食其他动物所必需的一切手段，然而，它还常常饿死，因为人类对它宣战了，甚至于悬赏缉拿它，因而逼着它不能不逃窜，不能不匿居在树林里。在树林里，它只能发现几只野生动物，而这几只动物跑得又快，使它追不到，它只能碰机会或靠耐性偶然捕到它们。所谓碰机会，靠耐性，就是在那些动物所要经过的地方伺守得很久，而这样的伺守往往还是落空。它是生来就粗笨而懦怯的，但是，迫于需要时它也有机智，迫于情势时它也能大胆：肚子饿急了它就冒险，它就跑来攻击人看守着的牲畜，特别是它容易衔走的牲畜，如小绵羊、小山羊、小狗之类。它一次得手，就常常再来打劫，直到它被人和狗打伤了或驱逐了，吃了苦头，它才改变方针。于是它白天藏在窝里，夜晚才出来，在田野里到处跑着，在住宅四周徘徊着，劫掠被遗弃的动物，或来找羊栏下手，它用爪子在门下面扒土、挖坑，一钻进来就发狂，在选择和带走它的食物之前把全栏的羊都咬死。当这种夜游一无所获的时候，它就回到树林深处，窥伺着、寻觅着、跟踪着、猎捕着、追赶着其他的野兽，希望有另一个狼来把这些野兽拦截住，在它们的奔逃中捕捉到它们，然后两狼共同分赃。此外，当它真正饿到极点的时候，它就不顾一切，连妇女小孩都要攻击，甚至有时还扑到成年男子身上，这种过度的残暴使它变成疯狂，其结果，通常都是癫痫而死。

狼，不论是身体的外部或内部，都太像狗了，就仿佛是一个模子套出来的，然而狼所显示出来的至多也不过是印模的背面，它从完全相反的方面表现着同样的印纹：如果模子是相似的，从模子里套出来的结果却是互相抵触的：狼和狗的天性是这样的不同，以至于它们两个不但不能相容，并且自然而然地互相憎恶着，本能地互相敌对着。一只小狗初次见狼就颤栗，它一闻到狼的气味就逃，这种气味，虽然是它从来没有闻过的，并且它还不知道究竟是什么，就已经使它忍耐不住，全身颤抖着逃到主人的胯下了。牧狗是知道狼的气力的，它一见狼就耸起毛来，愤怒起来，勇敢地攻击着，要把狼赶跑，并且尽一切力量解除这种使它憎恨的接触。牧狗和狼相遇，没有不互相逃避或互相搏斗的，并且搏斗起来就打得不可开交，直拼到你死我活。如果狼打胜了，它就撕裂敌人，吞噬敌人；狗胜了呢，它就与狼相反，它比狼宽厚些，所以打胜了也就算了，它不认为"打死的敌人的尸体是喷香的"[2]；它把狼尸留给老鸹吃，或者让别的狼吃；因为狼是互相吞噬的，当一只狼受了重伤的时候，别的狼都循着血迹跟上去，大家集拢起来结果它的性命。

狗，就是野生的，也不是天性粗野：它很容易驯服，它依恋主人，一直忠于主人。狼，从小时捉到家里来，可以养驯，但是绝不依恋：自然的力量比教育的力量要大些。它渐渐长大，就恢复它的酷性，一有可能，就回到它的野生状况。狗，纵然是最粗鲁的，也要找别的动物一块相处，它生性就是要跟随着别的动物，并且陪伴它们，它之所以会带领牧群，看守牧群，完全是由于本能，并不是出于教育。狼则相反，它仇恨任何群居生活，连同类的动物它都不肯陪伴：要是有人发现有几只狼在一起，那并不是一个和平的社会，却是一种战争的结合，这种结合的进行是喧嚷不堪的，发着骇人的噪声，同时，它们一结合就是表示有计划要攻击一个大兽，如鹿，如牛，或者是要解决一个可怕的牧狗。它们的征伐一完成，它们就各自西东，不声不响地回到各自的孤寂中去了。

狼有很大的气力，特别是在身躯的前半截各部，在颈部与颚部的筋络中。它可以口衔一只绵羊，不让它拖到地上，同时跑得比牧人还快，因此，只有狗能追得上它，迫使它松口。它咬起来很残酷，并且经常是对方愈不抵抗、它就咬得愈猖狂。因为，遇到力能自卫的动物，它倒也会谨慎将事的。它怕丢掉性命，只是遇有必要时才搏斗，从来不勇气一动就打起来。当人家持枪打它、子弹打断它一条腿的时候，它就嗥鸣；然而，当人家拿棍子结果它的性命时，它倒不像狗那样哀鸣了：它比狗严酷，不如狗那样敏感，却比狗健壮些；它整天地走着，跑着，徘徊着，并且夜以继日；它是不知疲乏的，也许在所有的兽类中，狼是最不容易在它奔跑中逼着它停下来的。狗是温和的，勇毅的；狼虽然凶狠，却很胆怯。当它落到陷阱里的时候，它便惊骇得那么痴呆，那么长久，以至于人家打死它，它也不知道自卫，活捉它，它也不知道抵抗；人家可以把它套上颈圈，系上链条，戴上口罩，然后牵着它，要到哪里就到哪里，它连一点愤怒的样子，甚至于连一点不快的样子都不敢表示出来。

狼的五官感觉力都是很强的，眼睛，耳朵，特别是鼻子；它时常嗅得比看得更远，屠杀的血腥气味可以从一法里[3]以外把它引来，它也能从远处嗅到活的动物，甚至于能循着活动物的气味追寻它们。当它要走出树林的时候，它从不忘记先闻闻风,它在林边停下来,四面闻闻,就这样嗅到风从远处送来的死或活的动物的气味。它爱吃活肉,不爱吃死肉,然而垃圾堆里最臭的腐肉它也吞噬。它爱吃人肉,也许,如果它比人更厉害的话,它会非人肉不吃哩。有人看见过许多狼随着军队走,大群地来到战场,战场上的尸体都只是马马虎虎地掩埋了的,它们就把尸体扒开,大吞大嚼,更没有个吃饱的时候;而这些狼,吃惯了人肉,就向活人身上扑,不攻击牧群而攻击牧人,吞噬妇女,衔走儿童,可说是无恶不作。这种坏狼被人们称作"慎防狼",就是说人应该谨慎提防的狼[4]。

这个兽,浑身一无是处,只有皮好,人家拿狼皮做成粗裘,既暖和又经久。它的肉太坏了,所有动物都怕吃它,只有狼肯吃狼肉。狼嘴里发出一股臭气,它为着疗饥,不管找到什么东西都吞下去,腐肉也吃,骨头也吃,兽毛也吃,连硝制的皮、上面还满盖着石灰都吃,惟其如此,所以它时常呕吐,倒空肚子的时候比装满肚子的时候还要多。总之,狼的一切,低蹙的面容,生野的模样,骇人的叫声,难闻的气味,邪恶的天性,凶暴的习惯,这一切都是讨人嫌的,狼是一个道地可憎的野兽,生而有害,死而无益。

松 鼠

松鼠是一个漂亮的小动物，只能算是半野生的，并且，凭着它的乖巧，凭着它的驯良，即使是单凭它的生活习惯的天真，也都是不应该加以伤害的：它既不是肉食兽类，又无害于人，虽然有时它也捕捉鸟雀；它的经常食料是果实，杏仁、榛子、榉实和橡栗。它整洁，灵动，活泼，非常敏捷，非常机警，非常技巧。它的眼睛是闪闪有光的，面相是清秀伶俐的，身体是遒劲矫健的，四肢是十分轻快的。它那副玲珑的小面孔衬上一条帽缨形的美丽的尾巴，显得格外漂亮，而它那尾巴老是直翘到头上，它就在尾巴底下躲阴凉。我们可以说，它最不像四足兽了。它通常都是坐着，差不多是直竖着身子坐着，用它的前爪，和用手一样，向嘴里送东西吃。它并不隐藏在地底下，却经常是在空中。由于轻捷，它很接近鸟类。它也和鸟儿一样，住在树顶上，满树林跑，从这棵树跳到那棵树，它也在树上做窝，摘果实，喝露水，只有树被风刮得太厉害了，它才下到地上来。人们在田野里、在无庇荫的光地上、在平原地区是找不到它的。它从来不接近人的居宅，它绝不待在小树丛里，它只欢喜高树林，住在最雄伟的老树上。它怕水比怕土还厉害，有人言之凿凿地说，它要过水的时候，就用一块树皮当作船，用自己的尾巴当作帆和舵。它不像山鼠一到冬天就僵蛰，它经常是十分警觉的，它住的那棵树，只要有人稍微在树根上触动一下，它就从它的小窝里跑出来，逃到别的树上去，或者溜到树枝底下藏起来。它夏天拾榛子，满满塞到老树的空心和缝隙里，留到冬天受用；它也在雪底下找榛子，用爪子扒着，把雪翻开。它的叫声很响亮，比黄鼠狼的声音还要尖些；此外它还有一种闭着嘴的喃喃声，一种不高兴的恨恨声，每逢人家触恼它时，它就发出这样的声音来。它太轻快了，不能一步一步地行走，所以它通常总是小跳着前进，有时也连蹦带跑；它的爪子是这样锐利，动作又是这样敏捷，一棵皮面很光滑的山毛榉，它一忽儿就爬上去了。

在夏天的晴明之夜，我们可以听到松鼠在树上跳着叫，彼此互相追逐；它们仿佛怕日光的强烈；白天，它们待在窝里躲阴凉，晚上就出来练习跑，玩耍，吃东西。它们的窝是干净的，暖和的，雨淋不进去的，通常是做在树枝的分叉处；它们先搬些小木片，错杂着放在一起，再用一些干苔藓编扎起来，然后把苔藓挤紧，踏平，使它们的建筑物有足够的容量，足够的坚实，可以带着儿女在里面住着，既舒适而又安全。窝只朝上开一个小口，端端正正，很狭窄，勉强可以进出，窝口上面又有一种圆锥形的盖，把整个的窝遮蔽起来，使雨水向四周流去，不落进窝里。松鼠通常一胎生三四个小的。它们出了冬就换毛，毛呈灰褐色，新换的比脱落的颜色深些。它们用指爪和牙齿梳刷自己，摸抹自己，抹得光滑滑的；它们很干净，没有任何坏气味；肉相当好吃，尾毛可以制画笔；但是皮不能制成很好的裘裳。

海　狸

海狸的筑堤工作

海狸在六七月里开始集合，以便结成社会，它们从好几方面结伴而来，不久就形成二三百头的大群；它们聚会的地方通常就是定居的地方，经常是在水边。如果那里水是平静的，像在一个湖泊里，始终维持着同一的高度，它们就不必在那里筑堤；但是，如果水是流动的，像在一条小溪或一条河流里，有涨有落，它们就建起一道堤防；它们就凭着这道堤防在河里圈成一种水塘或小池，经常维持着同一的水位。堤防横跨着河流，和水闸一样，从此岸直达彼岸，常常有八十尺或一百尺长，底宽十尺或十二尺。这样一个工程对于身材那么渺小的动物[5]来说，可算是够庞大的了，所以需要极多的劳力才能成功；但是堤的坚固性比规模的庞大还要惊人。它们筑堤的地方，河里水通常是不很深的；如果岸上有棵大树能倒到水里来，它们一开始就先把这棵树放倒，作为它们工程的骨干。这树通常比人的身躯还粗；它们在树脚下剑着，咬着；虽然除掉四只门牙而外，它们没有其他的工具，它们却能在相当短的时间内把树截断，并且使它朝着它们所欢喜的方向倒下去，就是说，横倒在河上；然后它们把这棵倒下来的树截去顶枝，使它躺得平平的，到处都压得实实在在。这些工作都是集体做的：树一倒，就有好几个海狸用牙咬掉树的枝子，同时其他的海狸就散到河的两岸，到处跑，到处找，放倒一些较小的树木，也有像小腿一般粗细的，也有像大腿一般粗细的；它们把这些树木解开，把一端咬得细细的，以便做木桩用；这些树段，它们先由陆上拖到河边，然后再由水上直拖到建筑地点；它们就用这些树段造成一片密密的桩基。桩与桩之间还编上树枝，使之更加紧凑。这个工作是有很多困难要克服的，因为，要把桩扶起来，使之近乎垂直，就必须有些海狸先用牙齿把桩的大头扶起，靠住河岸，或靠住拦河的大树；又必须同时另有些海狸直钻到水底，用前爪扒坑，把桩的尖端栽进去，使桩能站得起来，当这些海狸在那儿慢慢栽桩的时候，别的海狸就跑去找泥土，先用脚把泥土踹匀,用尾巴把泥土打紧,然后连衔带捧地搬着泥土,直把桩与桩之间的空隙完全填满。这种桩基,是用好几排桩构成的,根根桩都是一样长,根根桩都是互相支撑着;桩基从河这边一直伸到河那边,处处都填满了泥土,筑得结结实实。向下水的那边,桩都是直栽着的;而整个的工程则相反地、迎着水头呈斜坡形,所以堤基有十尺、十二尺宽,堤顶只有二三尺厚。因此,这道堤不但有必要的面积、必要的坚度,并且有最适当的形式,以便保持水量,防止流失,支持住水的压力,抵抗住水的冲荡。在堤的上端,就是说在它最薄的部分,它们扒开两三个斜坡形的小洞,作为调节水面的吞吐口,这种吞吐口它们随着河水的涨落而放大或缩小;如果河水泛滥得太大或太急,堤坡冲破了,它们等水一退就再来动工,会把缺口修补齐整。

海狸的习惯

它们的仓库是建在水里的,靠近它们的住宅,每个小棚子都有自己的一个仓库,仓库的大小与棚里的海狸数目成比例,凡是住在这个棚子里的海狸,对于这仓库都有共同的享用权,它们从来不去抢劫邻居。有人曾见到由二十或二十五个小棚子合成的大集镇:不过这样大的集镇是稀少的,通常这种海狸共和国的人口没有那么多,最普通的是每一个共和国包含十或十二个部落,每个部落有它的范围,它的仓库,它的独立的住宅，它们绝不容许外来的海狸住到自己的城圈里来。最小的棚子里住着两只、四只、六只海狸，最大的住着十八只、二十只，甚至于有人说住到三十只，每棚住的海狸数差不多都是双数，雌雄各半。由此，按最低额估计，我们可以说海狸社会常常是一百五十到二百个合作工人组成的，它们先集体劳动着，建起公共的工程，然后分组构筑个别的住宅。

不管这社会的成员是怎样多，和平总是经常保持着，而不受到任何破坏，共同劳动加强了它们的团结，它们自己创造的安乐生活以及它们共同采集、共同消费的丰富的生活资料又都有助于这种团结的维持。它们的食欲很有节制，嗜好很简单，怕吃肉，怕流血，这都使它们连想也不会想到去抢劫、去作战，人类只知道祈求的那种幸福，它们却都实际地享受到了。它们彼此互相友爱，如果外面有了敌人，它们就会避开，它们用尾巴拍着水，互相报警，哗啦一声，远处所有的棚顶都震动了，于是各自决定一个办法，或钻到湖里，或藏到墙壁里，它们的墙壁只怕雷火和刀兵，别的任何动物都是不敢来扒开或推倒的。这些住宅不但很安全，并且十分清洁，十分方便；地板上铺着绿色的枝叶，黄杨树和杉树的细枝就是它们的地毯，它们绝不弄脏一点，也不许落上一点脏东西。窗子是对水开着的，同时也就是阳台，容许它们在那里乘风凉，并且每天用大部分时间去洗澡，它们就在那里直立着，头和前半身抬起来，后半身完全浸在水里。水，对于它们是太重要了，或者宁可说，它们太喜爱水了，它们仿佛没有水就不成。它们有时钻到冰冻底下跑得很远，就是在这时候人很容易捉到它们。捉它们的方法是一面攻击它们的棚子，同时在离棚不远的地方把冰打开一个洞，它们必然要到这洞口来呼吸空气的，人就在洞口旁边守候着。

海狸的集合是在夏初。它们以七八两月筑堤建棚，以九月采集树皮和木块作为粮食储备；然后它们就享受自己的劳动成果，领略着家庭的乐趣：这是休息时期。不但如此，这也是恋爱时期。它们———一雌一雄，由于习惯，由于在集体劳动中曾同甘共苦，彼此相知了，相悦了，才结成配偶，每一对海狸都绝不是偶然凑合的，都绝不是被纯粹的自然需要促成的，它们的结合都经过一番选择，它们的匹配都由于情意相投：它们在一起度过秋天和冬天。因为彼此相得，所以彼此很少离开；它们在家里住得很舒适，所以很少出门，除非是同去做几次惬意的和有益的散步；散步回来总是带一些新鲜树皮，因为它们觉得鲜树皮比那些干枯的或浸渍过久的树皮要好吃些。据说，雌海狸怀孕四个月，冬天快完的时候分娩，通常一胎生两三个。雄海狸差不多就在这时候离开妻子：它跑到田野里去享受春天的和暖与果实；它也不时地回棚来看看，但是不在棚子里住了。雌海狸留在棚子里奶孩子，照顾它们，养育它们，过几个星期，孩子们就可以跟着母亲跑。这时，雌海狸也去逍遥了，它在旷野的空气里恢复着健康，吃着鱼、虾和新生的树皮，就这样在水上、在树林里过着夏天。海狸只是到秋天才集合起来，除非是大水冲倒了它们的堤防或冲毁了它们的棚舍，因为，在这种场合下它们就提早聚会，以便修补缺口。

象

野生状态中的象

在野生状态中，象也不是好流血的，也不是凶猛的：它生性温和，从来不滥用它的武器或力量。它运用武器、发挥力量，只是在自卫或保护同类的时候。它们有合群的习惯：人们很少看见单独一只象在彷徨或幽居。它们通常是结伴行走的：最老的领队，次老的督队，走在最后，年幼的和衰弱的走在中间，母象带着小象，用鼻子抱着。它们保持这种秩序只是在有危险的行程中，比方当它们在耕地里偷吃东西的时候，如果是在森林里，在荒僻的地区，它们闲游或旅行的时候，就不这样小心戒备了。然而，就是这样，它们也并不绝对分开，甚至于还不肯离群太远，以至于一有缓急救应不灵，或者有了警报自己听不到：不过有时也有个别的象迷失了路或者掉下队来，而猎人所敢攻击的也只有这种零散的象。因为，要想突击一个完整的象群，就非有小小的一支军队不可，并且不牺牲许多人命还是不能取胜。对它们加以最小的侮辱也都是很危险的，它们便要直向侮辱者奔来，虽然它们的身子很重，它们的跨步却很大，连最会跑的人它们也能很容易地赶上，一赶上，它们就用长牙把人戳穿，或者用鼻子把人卷起，向空中抛去，像抛石头一样，最后把人踏死。但是，那只是在它们被挑衅的时候才这样对人下毒手，人不招惹它们，它们是绝不伤害人的。然而，因为它们对于侮辱这一点，非常多疑，非常敏感，所以还是避免和它们遭遇为妙，常到象国里旅行的人夜里总是烧大火，打大鼓，以防止它们接近。有人说，象只要被人攻击过一次，或者中了一次埋伏，它们就永远不会忘记，随时想法子报仇。象的嗅觉特别灵，也许比任何动物的都灵，由于它们的鼻子特别大，所以很远它们就能闻到人的气味，它们会很容易地追踪找到他。古书[6]里说，象把猎人走过地方的草拔起来，一个传给一个，让大家都知道敌人的过往和行径。这种兽欢喜河岸、深谷、阴凉的地方和潮湿的土壤，它们不能缺乏水，喝水时先把水搅浑再喝。它们常常吸满一鼻子的水，或者往嘴里送，或者仅只为着使鼻子凉爽一下，然后喷着玩，或是直喷出来，或向四周洒去。它们耐不得冷，也怕天气太热。因此为着躲避太阳的酷热，它们老是钻在最幽暗的树林深处，并且钻得越深越好。它们也常常待在水里，身躯的肥硕倒不怎样妨害它们，却反而有助于它们的游泳。它们并不像别的兽类那样深入水里，其实它们的鼻子是那么长，它们只要把鼻子向上翘着，由鼻子呼吸，就使它们丝毫不怕淹没了。

象的经常食料是植物的根、叶、草和嫩枝，它们也吃果子和谷粒，但是不吃鱼、肉。当象群中间有一只象找到一块丰美的草场的时候，它就招呼所有其他的象，邀它们去和它一齐吃。因为它们需要大量的草料，所以它们常常换地方。它们一跑到种了农作物的田地里，就造成不可思议的损失。它们的身子既然奇重，所以它们压毁和踩坏的庄稼比吃下去的还要多十倍，而它们的食量是每天可以达到一百五十斤草料的；它们一来就是一群，所以它们一小时就可以摧毁整个一片田野。所以印度人和黑种人想尽方法要预防它们光临，围绕着他们的耕地大声敲打着，烧着大火，以迫使它们掉头而去；而常常，就是这样警戒着，象群还是照样来占领耕地，赶走着牲畜，驱散着农民，有时连农民的脆弱的小房子都被从底到顶冲翻了。人很不容易吓唬它们，它们是不很知道什么叫作恐惧的；唯一能使它们吃惊、堵住它们前进的，就是放焰火，向它们扔爆竹，突然的、连续不断的爆炸能使它们震慑,有时能使它们往回走。人很少能做到把它们彼此分开,因为它们不论是攻击,是漠然而过,或是逃跑,大家都抱着同样的决心,采取着一致行动的。

驯　象

象,一经驯服,就变成最温和、最驯顺的动物。它依恋着照顾它的人,亲热他,迎合他,仿佛能猜到一切能使他喜悦的事:不要多少时候它就会懂人的手势,甚至于会了解话音。它分得清命令的语气、愠怒的语气或满意的语气,并且按照着各种不同的语气去行动。主人的话它一点也不会听错。它注意地接受着命令,谨慎地、赶紧地执行着,却又不慌忙,因为,它的动作经常是有分寸的,而性格又仿佛也具有它那肥大身躯的稳重性。我们很容易教会它下跪,使骑象的人们便于往它背上爬;它用鼻子摸抚着它的朋友,你给它指出叫它注意的人们,它也会用鼻子给他们行礼;它用鼻子起重,并且会帮忙把重载放到自己的背上。它听凭人家给它披挂,看见自己身上披着金色的鞍辔,盖着华丽的鞍布,仿佛也很开心。人们也拿它来驾车,用革带把它套在车子前面,犁前面,船前面,转盘前面;它始终如一地、继续不断地拉着,不厌其烦,只要你不侮辱它,乱鞭乱打,只要你对它那样卖力气表示着满意的样子。御象人通常都是坐在它的脖子上,手里拿着一根铁条,末端曲成钩形,或装着尖锥,要警告它,或叫它转弯，或叫它加快，就用铁条末端在它头上近耳根处戳一下，但是常常用不着戳，说句话就成了，尤其是当它已有充分时间十分熟悉御象人、完全信任御象人的时候。它对御象人的依恋往往是这样地真切，这样地恒久，它的感情往往是这样地深挚，以至于换个人来驾驭它，它就不肯做事。有时我们还会看到，象由于一时怒极而送掉了驾驭人的性命，事过之后，它自己也就因为追悔无及抑郁而死。

战　象

从记不清的时代起，印度人就用象作战，在那些纪律不强的民族里，象队是军中最好的部队，并且，在人们只用刀枪厮杀的时代，象队通常是能决定两军胜负的。然而，据史书记载，希腊、罗马人对这些作战的庞然大物，不久也就司空见惯了[7]。象队一来，他们就把队伍分开，让它过去，他们绝不打象，却集中射击御象人，御象人一离开自己的军队就赶快投降，赶快平息象的怒气。时至今日，火力已成为战争的因素，并且是主要的杀人工具了，象既怕火器的声音，又怕喷出的火焰，要是再用它来战斗，一定是害多利少，既累赘而又危险的。印度各邦的君主到今天[8]依然装备着战象，不过耍排场的意义多，求实效的意义少；然而，他们养战象和养军人一样，也有一个好处，就是叫它们去奴役它们的同类：他们用战象去驯服野象。现今印度的最强盛的君主所养的战象也不到二百只了,而他们养着供交通和劳作使用的象却比战象多得多。他们叫象背着竹编的大轿,让妃嫔宫女坐在里面旅行:这是最妥当的交通工具,因为象从来不跌跤。但是它并不平稳,它的步伐突起突落,左摇右晃,要坐得很久才能习惯,最好的座位是在脖子上,比肩、背和屁股上的位子都要颠动得轻些。但是,一打起猎或作起战来,一只象上总要坐好几个人:只有御象人骑在脖子上,其余的猎人或战士都只好在象身上别的部分或坐或立了。

鹰

鹰在体质上与精神上和狮子有好几点相似：首先是气力，因此也就是它对别的鸟类所享有的威势，正如狮子对别的兽类所享有的威势一样；其次是度量，它和狮子一样，不屑于和那些小动物计较，不在乎它们的欺侮，除非鸦、鹊之类喧嗓得太久，扰得它不耐烦了，它才决意惩罚它们，把它们处死；而且，鹰除了自己征服的东西而外不爱其他的东西，除了自己猎得的食品而外不贪其他的食品；再次是食欲的节制，它差不多经常不把它的猎获品完全吃光，它也和狮子一样，总是丢下一些残余给别的动物吃。它不论是怎样饥饿，也从来不扑向死动物的尸体。此外，它是孤独的，这又和狮子一样，它住着一片荒漠地区，保卫着入口，不让其他飞禽进去打猎；在山的同一部分发现两对鹰也许比在树林的同一部分发现两窝狮子还要稀罕些：它们彼此离得远远的，以便它们各自分占的空间能够供给它们足够的生活资料，它们只依猎捕的生产量来计算它们王国的价值和面积。鹰有闪闪发光的眼睛，眼珠的颜色差不多与狮子的眼珠相同，爪子的形式也是一样的，呼吸也同样地强，叫声也同样地有震慑力量[9]。既然二者都是生来就为着战斗和猎捕的，它们自然都是同样地凶猛，同样地豪强而不容易制伏，除非在它们很幼小的时候就把它们捉来，否则就不能驯服它们。像这样小鹰，人们必须用很大的耐性、很多的技巧，才能训练它去打猎，就是这样，它一长大了，有了气力，对于主人还是很危险的。我们由许多作家的记载里可以知道，古时，在东方，人们是用鹰在空中打猎的；但是现在，我们的射猎场中不养鹰了：鹰太重，架在臂上不免使人吃力；而且永远不够驯顺，不够温和，不够可靠，它一时高兴或者脾气一上来，可能会使主人吃亏。它的嘴和爪子都和铁钩一般，强劲可怕，它的形象恰与它的天性相符。除掉它的武器——嘴、爪而外，它还有壮健而厚实的身躯，十分强劲的腿和翅膀，结实的骨骼，紧密的肌肉，坚硬的羽毛[10]，它的姿态是轩昂而英挺的，动作是疾骤的，飞行是十分迅速的。在所有的鸟类中，鹰飞得最高，此所以古人称鹰为"天禽"，在鸟占术中，他们把鹰当作大神朱彼特[11]的使者。鹰的视力极佳；但是和秃鹫比起来，嗅觉就不算好：因此它只凭眼力猎捕，当它抓住猎捕品的时候，它就往下一落，仿佛是要试一试重量，它把猎获品先放到地上，然后再带走。虽然它的翅膀很强劲，但是，由于腿不够灵活，从地上起飞不免有些困难，特别是载着重的时候：它很轻易地带走鹅、鹤之属；它也劫取野兔，乃至小绵羊、小山羊；当它搏击小鹿、小牛的时候，那是为着当场喝它们的血，吃它们的肉，然后再把零碎的肉块带回它的"平场"。"平场"是鹰窝的特称，它的确是一坦平的，不像大多数鸟巢那样凹下去：通常它把"平场"建在两岩之间，在干燥而无法攀登的地方。有人肯定地说，鹰做了一个窝就够用一辈子：那确实也是个一劳永逸的大工程，够结实，能耐久。它建得差不多和楼板一样，用一些五六尺长的小棍子架起来的，小棍子两端着实，中间横插一些柔软的树枝，上面再铺上几层灯心草、石南枝之类。这样的楼板，或者说这样的窝，有好几尺宽广，并且很够牢固，不但可以经得住鹰和它的妻儿，还可以载得起大量的生活物资。鹰窝上面没有盖任何东西，只凭伸出的岩顶掩护着。雌鹰下卵都放在这"平场"中央，它只下两三个卵，据说，它每孵一次要三十天的工夫，但是这几个卵里还有不能化雏的，因此人们很少发现一个窝里有三个雏鹰：通常只有一两个。人家甚至于还说，雏鹰稍微长大一点，母亲就把最弱的一个或贪馋的一个杀死。也只有生活艰难才会产生出这种反自然的情感：父母自己都不够吃了，当然要设法减少家庭人口。一到雏鹰长得够强壮、能飞、能自己觅食的时候，父母就把它们赶得远远的，永远不让它们再回来了。

鸽

　　身体重的禽类，如鸡、火鸡、孔雀等，都是容易养熟的，而轻巧的，飞得快的禽类，要想制服它们就需要更多的技巧了。圈起一块地，建起一座矮草棚子，就够收容、畜养、繁殖我们的家禽；而要诱引鸽子，要留住它们、安顿它们，就必须特地为它们建些小塔，起些小亭，外面涂得好好的，里面安上许多格子。真正说来，鸽子既不像犬、马之为家畜，又不像鸡、鸭之为囚徒：宁可说它们是些自愿的俘虏，它们肯不肯在人献给它们的房子里面安居，完全要看它们在那里是否满意，要看它们在那里是否能找到充分的食粮，惬意的宿处，以及生活必需的一切方便和舒适。稍微缺少一点东西，或者稍微有点东西叫它们不高兴，它们就离开，散到别的地方去了；有些鸽子宁愿经常住着旧墙上满盖灰尘的洞穴，而不愿住进我们最清洁的鸽房；也有些鸽子专在树缝或树洞里住宿，又有些鸽子仿佛一意要逃避我们的住宅，任何方法也不能引它们到我们的住宅里来；而在另一方面则又有些鸽子完全相反，它们不敢离开住宅，或者连鸽房也永远不肯离开，人们必须到鸽房四周去喂养它们。

所有的鸽子，不论是家的，野的，都有若干品质是它们共同具备的：它们都爱好群居，依恋同类，习性温和；它们都守贞操，就是说雌雄互相忠诚，也就是说爱情专一；它们都爱清洁；它们细心修饰自己，这就假定它们想使别人爱怜；它们都工于献媚，这更说明它们有求爱怜的心意；它们的热情经常是持久的，爱好经常是有恒的；绝不发脾气，绝无憎恨，绝不争吵；一切艰苦的任务都平等地分配着，雄的爱雌的，因而为之分担劳作，甚至于为之代尽母职，规则地轮流着伏卵孵雏，以便减轻它的爱侣的辛劳，以便夫妇之间有那种作为永远和谐幸福之基础的平等相待。如果人能够或者知道模仿它们，那是多么好的榜样啊！

蜂 雀

我们现在介绍的是所有动物中形样最隽秀、颜色最鲜艳的动物。我们的艺术所琢磨出来的金银珠宝都比不上这个自然界的珍品。大自然把它放在鸟类里,依大小次序排在最末座,真乃是"最小的物类里寓有最大的神奇"[12]。这个神奇的杰作就是蜂雀:大自然对于鸟类的恩赐,对每一种鸟都只分给一样两样,而对于蜂雀则整个地都给它了,轻灵,迅速,活泼,优美,华丽的装饰,一切都是属于这个小宝宝的。红翡,绿翠,黄玉,在它的衣服上装点得金碧辉煌;它从来不让地上的尘埃玷污它的衣服,在它那经常凌空的生活里,人们很少看见它偶然触到草地,它老是在空中飞着,从这朵花飞到那朵花上;它有花的鲜明,正如它有花的艳丽；它以花蜜为生，所以它只住在花不断地落了又开的气候带里。

各种蜂雀都生活在新大陆的最热的地域。它的种类相当多，但是都仿佛限制在南北两回归线之间；因为，有些蜂雀在夏天即使一直飞到温带里来邀游，它们也不会逗留很久：它们似乎是跟随着太阳的，太阳进它们也进，太阳退它们也退，它们仿佛是乘着春风之翼，追逐着一个永恒的春天。

印第安人看见这些漂亮小鸟的颜色发着这样多的光辉和色泽，都为之惊奇叫绝，因而称之为"太阳之光"，或"太阳之发"。西班牙人则给它们命名为"托密内耀"，这是形容它们身材之小的："托密内"是相当于十二厘的重量名称。尼伦堡曾说："我看见有人拿这样一只小鸟放在天平上称，连窝的重量也不过两托密内。"所以，在体积方面，这种小鸟还没有牛虻大，还没有土蜂粗。它们的嘴是一根细针，舌是一条细线；它们的小眼睛仿佛是两个亮晶晶的黑点；翅膀上羽毛太细致了，看去仿佛是透明的。它们的脚简直看不见，其短小可知；它们是很少用到脚的：它们只是在夜里才栖息，白天总是随风在空中飘荡。它们的飞行是继续不断的，发着呜呜声，很迅速。马尔格拉夫把它们的翅膀声比作纺车声，以"呜……尔，呜……尔，呜……尔"几个音表达出来。这小鸟的翅膀扑得太快了，所以它停在空中时仿佛不但是静止的，并且连任何动作都没有。人家看见它就是这样停在花前，停了一忽儿又和箭一般地飞到别的花那里去了。所有的花它都要去采一采，把小舌头伸到花心里，翅膀抚弄着花瓣，从来不栖上去，却也从来不离开，它急急忙忙地掉换着花朵只是为着更长久地爱怜，为着增加它的于人无害的享受：我们说这享受是于人无害的，因为这位轻浮的花之情侣虽然靠花生活却并不使花憔悴，它只吸取花的蜜汁，而它的舌头也就仿佛完全是为着这一个用途而生的。舌头由两条有凹槽的细丝组成，细丝又合成一道细管，管端又分成两片小唇；它活像一个吸筒，机能也就和吸筒一样；蜂雀把舌头伸出嘴外，似乎是由一种舌骨发生着作用，这舌骨和啄木鸟的舌骨差不多；它就把这小舌头插入花蒂的深处，吮吸着花的汁液。这就是蜂雀的生活方式，各家所描述的都是如此。

这些小鸟活泼到无与伦比的程度，而它们的勇气，或者更正确地说，它们的大胆也和活泼一样，无与伦比。人们曾看见它们怒气冲天地追赶着比它们大二十倍的飞鸟，钉到它们身上让它们驮着飞，一下紧似一下地啄着它们，直到那一小肚子的怒气完全泄尽了才算了事；有时蜂雀与蜂雀之间也激烈地斗起来。急躁似乎就是它们的灵魂，如果它们接近了一朵花而发现它已经萎谢了，它们就把花瓣一片片地拔掉，其急速的样儿就显出它们的气愤。它们没有别的鸣声，只有"斯克勒卜，斯克勒卜"这种小叫唤，频频地重复着；天一亮就听见它们在树林里这样叫，直叫到太阳光出来，这时候，它们就飞起来，散到原野里去了。

　　它们经常是孤独的，不过在营巢育雏的时节，人们就可以看到蜂雀成双成对地在飞。它们营的巢与它们身躯的纤细正好相称，巢是用花上采来的细茸或者小丝团子做成的：这种巢织得很紧，像又软又厚的细皮一样结实。雌鸟担任织造，让雄鸟去衔材料。人们可以看到她忙着做这种心爱的工作，一根一根地挑着、选着、运用着那些适于编织的纤维，替她的未来的儿女造成温柔的摇篮。她用脖子把巢边磨光，用尾巴把巢内磨平，在巢外面又蒙上许多小块的橡胶树皮，团团密密地粘起来，使得巢更牢固，同时也防着风雨剥蚀。整个的巢是系在橘子树、柠檬树的两片叶子或一个细枝上面的，有时也挂在茅屋檐头垂下来的细草梗上。巢不比半边杏子更大，形状也和半边杏子一样，呈半圆形，巢内有两个洁白的蛋，不过豌豆大小。雄鸟和雌鸟轮番地孵着，共孵十二天，到了第十三天头上，小鸟就出壳了，这时它们并不大似普通的苍蝇。台尔特尔神甫说："我一直没有能观察到蜂雀用什么东西来喂小鸟，我只注意到母亲把舌头伸给小鸟咂，舌头上涂满了从花里吸出的蜜浆。"

　　我们可以很容易地了解，要喂养这种小飞禽似乎是不可能的，人们曾试用果子露去喂养一些蜂雀，但是几星期后就瘦死了。这种果子露虽然很清淡，但是比起它们自由自在地在花里采来的那种精细的汁液，还是大不相同的，也许拿蜂蜜来喂它们更有希望把它们养活。

猎蜂雀的方法是用砂石投掷，或者用喷射筒[13]。它们太不提防人了，竟让人走近它们直到五六步远近的地方。还有一个办法捕捉它们，就是人躲在开着花的树丛里，手里拿一根小棍子，棍子上涂着胶，当蜂雀呜呜地停在花前，就很容易拿棍子把它粘住。它被捉到就死了，死后就给年轻的印第安妇女当首饰用，她们通常每只耳朵下都戴着一只这种可爱的小鸟作为耳珰。秘鲁人还有一种艺术：他们用蜂雀的羽毛组成图画，前人的记载都夸耀这种图画的美丽。马尔格拉夫曾看见过这种作品，很赞赏它们的鲜艳和精致。

啄木鸟

在大自然逼着以猎捕大小动物为生的所有鸟类中，没有一个比啄木鸟的生活被大自然限制得更辛勤、更困苦：大自然罚它劳动，简直可以说罚它永远做着强制的苦工。而别的鸟则各有各的办法，或善跑，或善飞，或善伺守，或善搏击：这都是些自由活动，以勇气和技巧见长。啄木鸟生来就注定了要艰苦劳作，它只有把蕴藏着它的食粮的那些树木啄开厚皮和硬纤维以后才能找到吃的东西；它不断地忙于这种生存攸关的工作，根本就不知道什么叫作休息，什么叫作散心；甚至于它睡觉、过夜，也还时常保留着它白天力作时那种被强制的姿态：它分享不到别的空中居民的那些甜美的娱乐；它也绝对参加不上它们合奏的那些乐曲，它只有一种生野的鸣声，以如怨如诉的音调扰乱着树林的沉寂，仿佛在表达着它的辛劳与艰苦。它的动作是急躁的，他的神态仿佛很不安，面目模样都很粗陋，天性又生野而孤僻：它逃避任何接触，就是和同类也不往来。

一只局促于艰窘可怜的生活中的鸟，其褊狭粗鲁的本能就是如此。它从大自然那里接受到了适于这种命运的器官和工具，或者更正确点说，它就是从它那些与生俱来的器官方面得来了这种命运。它每只脚上有四个厚实的、遒劲的脚趾，两个向前，两个向后，作为"距"的那个脚趾特别长，甚且是特别有力，四个趾的前端都装备着粗大的弯爪，后端则长在很短而又筋络强劲的脚胫上，它就用这些脚趾有力地攀在树面，围着树干前后左右地爬着。它的嘴壳是锋利的，正直的，呈铁钻形，根端是方的，纵长着一条小槽，末端扁平并且直削下去，活像凿刀，它就是用这工具啄开树皮，深入木质，直到昆虫藏卵的地方：这张嘴，本质又坚又硬，是从一个厚实的脑袋上长出来的。藏在短颈子里的强劲的筋络发动着并指挥着频频的剥啄，它就这样不住地剥啄着，凿通木质，向树心里开一条路：然后它插入它那细长的、滚圆的、像蚯蚓一般的舌头，那末端有硬颖的、含骨质的、像蜂螫一般的舌头，就虫窝里挑出蠕虫，作为它唯一的食粮。它的尾巴是十根硬翎毛构成的，翎毛都向里弯着，斩齐地秃着末端，翎管两边都长着硬丝，它常常为了爬得更好，啄得更有利，就不能不采取着倒悬的姿态，这时，它这个硬尾巴就成为它的着力点了。它在树洞里营巢，树洞一部分是由自己挖成的；孵出的小啄木鸟都是从树心里钻出来，这些小啄木鸟，虽然长着翅膀，却生来就注定了要围着树爬，所以出来又进去，进去又出来，永远也不离开树。

在我们法国的森林里，绿啄木鸟是所有啄木鸟中最常见、最普通的一种。它们春天来到我们这里，树林里响起一片尖锐而生硬的叫声："提亚卡干，提亚卡干"，人们很远地就能听到，它们特别是在一冲一歇、一起一落地飞行着的时候这样叫着。它们忽而俯冲下来，忽而直升上去，在空中划出许多波浪形的弧线，但尽管如此，还是能够在空中支持得相当久。虽然它们飞得不高，它们却能越过相当广阔的空地，从这片树林飞到那片树林。在交尾的季节里，它们除了惯常的叫声外，还有一种呼唤声，有些像连续不断的大笑，"调，调，调，调，调"一连要唤到三四十次。

绿啄木鸟落到地上的时候比别的啄木鸟要多些，特别是在蚁巢附近，人们靠得住能在蚁巢附近发现它，甚至于能在那里张网捕到它。它等候着蚂蚁过路，蚂蚁总是惯于开一条小路，一个跟一个地向前爬着，它就把它的长舌头平放在那条小路里。当它感觉到舌头上爬满了蚂蚁的时候，它就缩回舌头，把蚂蚁吞下去。但是，如果蚂蚁还不很在外面活动，当寒冷还把它们封闭着的时候，它就跑到蚁巢上面，用爪和嘴把它扒开，蹲到它所造成的缺口当中，从从容容地吃着蚂蚁，连它们的幼虫也都吞食下去。

在其余的时候，它都是巴在树上攀登着，找到一棵就拼命啄。它工作得非常积极，常常把枯树的皮都啄得精光。人家很远地就听到它的剥啄声，并且历历可数。由于它懒做任何其他的动作，它就很容易让人家走近它，遇到猎人来了，它只知道围着树枝绕圈子，躲到树枝的另一面。有人说，啄木鸟在树上啄了几下之后就跑到树那一面去看看可曾把树啄通，但是，我们应该说，它那是为了要到那一面去在树皮上截捕昆虫，因为小虫子被它一啄都惊醒了，爬动了。还有一个似乎更可靠的说法，就是它啄的那部分木质所发出的声音仿佛就能使它辨别得出什么地方是空的，那正是它所要寻觅的蠕虫窝藏的所在，或者使它知道什么地方有个洞穴，好让它能在里面居住，并且在里面营巢。

它的巢是摆在蛀朽的树心里的，离地一丈五尺到两丈高，大部分时间它找的都是木质较软的树木如松柳、沼柳等等，很少把巢摆在橡栎树里。雌雄二鸟都不断地轮流着工作，努力啄穿树木的活着的部分，直啄到腐烂的树心为止；于是它就挖空树心，掏深洞穴，把木片、木屑都用脚扒到外面来，它们有时把它们的洞挖得那么曲折，那么深邃，连一点光亮也达不到。它们就在那里面摸着黑哺养小鸟。啄木鸟下蛋通常是五个一期,蛋呈淡绿色,有黑斑。雏鸟很小就会爬树,未曾会飞就会爬。雄鸟和雌鸟是不很分开的,它们睡得很早,比别的鸟都早,在它们的洞里一直待到天亮。

天　鹅

　　在任何社会里，不管是禽兽的或人类的社会，从前都是暴力造成霸主，现在却是仁德造成贤君。地上的狮、虎，空中的鹰、鹫，都只以善战称雄，以逞强行凶统治群众；而天鹅就不是这样，它在水上为王是凭着一切足以缔造太平世界的美德，如高尚、尊严、仁厚等等。它有威势，有力量，有勇气，但又有不滥用权威的意志、非自卫不用武力的决心，它能战斗，能取胜，却从不攻击别人。它是水禽界里爱好和平的君王，却又敢与空中的霸主对抗；它等待着鹰来袭击，不招惹它，却也不惧怕它；它的强劲的翅膀就是它的盾牌，它依靠羽毛的坚韧、翅膀的频繁扑击对付着鹰的嘴爪，打退鹰的进攻，它奋力的结果常常是获得胜利。而且，它只有这一个骄傲的敌人，其他善战的禽类没一个不尊敬它，它与整个自然界都是和平共处的：在那些种类繁多的水禽中，它与其说是以君主的身份监临着，毋宁说是以朋友的身份照看着，而那些水禽仿佛个个都服服帖帖地归顺它；它只是一个太平共和国的领袖，是一个太平共和国的首席居民，它赋予别人多少，也就只向别人要求多少，它只要求宁静与自由，对这样的一个元首，全国公民自然是无可畏惧的了。

天鹅的面目优雅、形状妍美，与它那种天性的温和正好相称；它叫谁看了都顺眼；凡是它所到之处，它都成了这地方的点缀品，使这地方美化；人人喜悦它，人人欢迎它，人人赞赏它。任何禽类都不配这样地受人怜爱：原来大自然对于任何禽类都没有赋予这样多的高贵而柔和的优美，使我们意识到它创造物类竟能达到这样妍丽的程度。俊秀的身段，圆润的形貌，优美的线条[14]，皎洁的白色[15]，婉转的、传神的动作，忽而兴致勃发、忽而悠然忘形的姿态，总之，天鹅身上的一切都散布着我们欣赏优雅与妍美时所感到的那种舒畅、那种陶醉，一切都使人觉得它不同凡俗，一切都画出它是爱情之鸟[16]。古代神话把这个媚人的鸟说成为天下第一美女的父亲[17]，一切都证明这个富有才情与风趣的神话是很有理由的。

我们看见它那种雍容自在的样子，看见它在水上活动得那么轻便、那么自由，就不能不承认它不但是羽族里第一名善航者，并且是大自然提供给我们的航行术的最美的模范[18]。可不是么，它的颈子高高的，胸脯挺挺的、圆圆的，就仿佛是船头，冲开着波浪；它的宽广的腹部就像船底；它的身子为了便于疾驶，向前倾着，渐渐向后就渐渐高，最后翘起来就像船舳；尾巴真正是舵；脚就是宽掌桡；它的大翅膀在风前半张着，轻轻地鼓起来，这就是帆，帆推着这艘活的船舶，自己漂行，自己操纵。

天鹅知道自己高贵，所以很自豪，知道自己美丽，所以很自豪，它仿佛故意摆出它的全部优点：它那样儿就像是要听到人家赞美，引得人家注目。而事实上它也真是令人百看不厌的，不管是我们从远处看它们成群地在浩荡的波涛中，和有翅的船队一般，自由自在地游着，或者是它们应着召唤的信号，独自离开船队，游近岸旁[19]，以种种柔和、婉转、妍媚的动作，显出它的美色，展开它的娇态，供人们仔细欣赏。

天鹅既有天生的美质，又有自由的美德，它不在我们所能强制或关闭的那些奴隶之列[20]。它无拘无束地生活在我们的池沼里，如果它不能享受到足够的独立，使它无奴役俘囚之感，它就不会停留在那里，不会在那里安顿下去。它要任意地在水上遍处游，或到岸旁着陆，或离岸游到水中央，或者沿着水边，来到岸脚下躲阴凉，藏到灯芯草里，钻进最偏僻的湾汊里，然后又离开它的幽居，回到有人的地方，享受着与人相处的乐趣，——它似乎是很欢喜接近人的，只要它在我们这方面发现的是它的居停和朋友，而不是它的主子和暴君。

天鹅在一切方面都高于家鹅一等，家鹅只以野草和籽粒为生，天鹅却会找到一种较精美的、不平凡的食料；它不断地用妙计捕捉鱼类；它做出无数的不同的姿态以求捕的成功，并尽量利用它的灵巧与气力；它会避开或抵抗它的敌人：一只老天鹅在水里，连一匹最强大的狗它也不怕；它用翅膀一击，连人腿都能打断，其迅疾、猛烈可想而知。总之，天鹅似乎是不怕任何暗算、任何攻击的，因为它的勇敢程度不亚于它的灵巧与气力。

驯天鹅的惯常叫声与其说是响亮的，毋宁说是浑浊的；那是一种喘哮声，十分像俗语所谓之"猫咒天"，古罗马人用一个谐声字"独楞散"[21]表示出来。听着那种音调，就觉得它仿佛是在恫吓，或是在愤怒；古人之能描写出那些和鸣锵锵的天鹅，使它们那么受人赞美，显然不是拿一些像我们驯养的这种几乎喑哑的天鹅做模型的。我们觉得野天鹅曾较好地保持着它的天赋美质，它有充分自由的感觉，同时也就有充分自由的音调。可不是么，我们在它的鸣叫里，或者宁可说在它的嘹唳里，可以听得出一种有节奏、有曲折的歌声，有如军号的响亮，不过这种尖锐的、少变换的音调远抵不上我们善鸣禽类那种温柔的和声与悠扬朗润的变化罢了。

此外，古人不仅把天鹅说成为一个神奇的歌手，他们还认为，在一切临终时知道感动的生物中，只有天鹅会在弥留时歌唱，用和谐的声音作为它最后叹息的前奏。据他们说，天鹅发出这样柔和、这样动人的声调，是在它将断气的时候，它是要对生命做一个哀痛而深情的告别；这些声调，如怨如诉，低沉地，悲伤地，凄黯地，构成它自己的丧歌[22]。他们又说，人们可以听到这种歌声，是在朝暾初上、风浪既平的时候，甚至于有人还看到许多天鹅唱着自己的挽词，在音乐声中气绝了。在自然史上没有一个杜撰的故事，在古代社会里没有一个寓言比这个传说更被人赞美、更被人重述、更被人相信的了。它控制了古希腊人的活泼而敏感的想象力：诗人也好，演说家也好，乃至哲学家[23]，都接受着这个传说，认为这事实实在太美了，根本不愿意怀疑它。我们应该原谅他们这种杜撰的寓言；这些寓言真正是可爱的、动人的，其价值远在那些可悲的、枯燥的真实之上；对于敏感的心灵来说，这都是些美妙的象征。无疑地，天鹅并不歌唱自己的死亡，但是，每逢谈到一个大天才临终前所作的最后一次飞扬、最后一次辉煌表现的时候，人们总是无限感慨地想到这样一句动人的成语："这是天鹅之歌！"

注释

1 作者在这里引了四五十个作家,描写着欧亚两洲的野马,并说明训练小马的方法,译文从略。

2 古罗马暴君维台吕斯(Vitellius,1世纪)巡视战场时,随从将校都说尸体太臭,他却残忍地回答说:"敌人的尸体总归是喷香的,如果这敌人是个同胞,就尤其香。"

3 合4444米,约为二公里半。

4 "慎防狼",原文为 loups garoux,源出于盎格鲁撒克逊语 vere wolf;据民间迷信,vere wolf 为一种鬼怪,日则为人,夜则为狼;所以通常译为"人狼"。布封的解释并不正确。

5 最大的海狸重五六十斤,从脸端到尾根不过三尺长。——原注

6 见拉丁博物学家卜林纳(Pline,1世纪,今译作普林尼——编者注)著的《自然史》,卷八。

7 古迦太基人也曾用象和罗马人打仗。长久以来,人们都相信迦太基人所用的战象是印度象。近年史料发现渐多,人们倾向于另一见解:迦太基人的战象是非洲象。许多古代纪念章上所刻的象都是小头,大耳,塌额,是非洲象型。

8 这是指18世纪。

9 "我们曾以鹰比狮,以秃鹫比老虎;人们都知道狮子的头颈都盖着美丽的长鬣,而老虎和狮子相较,可以说头颈都是净光的;鹰与秃鹫的分别也是如此:秃鹫的头颈都没有羽毛,而鹰的头颈则羽毛丰满。"——原注

10 "有人说,鹰的羽毛是这样地坚硬,如果把鹰羽和其他的鸟羽放在

一块，鹰羽就会把其他的鸟羽磨坏。"——原注

11　Jupiter，古罗马神话中的神国之王，即古希腊神话中的宙斯（Zeus）。

12　拉丁文成语：Maxime miranda in minimis。

13　喷射筒起源于阿拉伯，是一根空心长管，里面装上许多豌豆或泥丸，用嘴向管内吹着气使它们喷射出去。

14　古希腊诗人奥维德（Ovide，前45—公元16）形容美女迦拉蒂（Galatée）说："比天鹅的羽毛还柔美。"（见《变形记》，第十三）——原注

15　"白如天鹅"，各民族都有这样一个成语。古希腊人是这样说的，古罗马诗人维吉尔（Virgile，前70—前19）也说"迦拉蒂白得赛过天鹅"。在古叙利亚人的语言里，"白"和"天鹅"两个名词就是一个字。——原注

16　古罗马诗人霍拉斯（Horace，前64—前8）说，爱神之母——美神维纳丝（Vénus）用天鹅拉车。——原注

17　据古代传说，美女海伦（Hélène）是丽达（Láda）和一只天鹅交配而生的，原来这天鹅就是大神朱彼特（Jupiter）的幻形。希腊悲剧家欧里庇德斯（Euripides，前480—前406）形容海伦说，她具有"天鹅一般的体貌"。——原注

18　"古时的船舶上画着天鹅的最多。天鹅出现在船前，舵手就认为是好兆头。"——原注

19　"天鹅游得很优雅，它愿意的时候，也能游得很快，谁招呼它它就游到谁的跟前。"——原注

20　"院子里关着的天鹅经常是愁郁的；砂砾会伤它的脚：它费尽心力

要逃走、要飞掉,如果它每次换毛时你不剪短它的翅膀,它就真个扬长而去了。"——原注

21　Drensant,拉丁文,出自动词 drensare,"天鹅的鸣声"。

22　据毕达哥拉斯(Pythagore,前 6 世纪)说,那是一个欢乐之歌,因为天鹅庆幸自己将转入一个更好的生命。——原注

23　在柏拉图的著作里,苏格拉底是相信这事的,连亚里士多德也是相信的,不过他们都是接受民间传说,并根据外国记载。——原注

De Buffon

科学论文

论自然史研究法——博物部分[1]

自然史，就其整个的幅度来说，是一部博大无穷的历史，它包括着宇宙呈献给我们的一切物类。那些数量惊人的兽类、鸟类、鱼类、昆虫类、植物类、矿物类，等等，给人类的求知欲提供着一幅广阔无边的画面，这幅画面真是太大了，其所包含的细节仿佛是——并且实际也真是取之不尽的。只拿自然史的一部分来说，比方，昆虫史或者植物史来说，就足够耗费好几个人的毕生精力了。最能干的观察者，专门研究自然史的某一些个别部门，穷数年之力，也只能给那些过于繁多的对象写出一些不够完备的初稿。然而，他们已经尽了他们的最大力量了，我们不但不能怪这些观察者把科学推进得太慢，相反地，我们还应该极口称赞他们的耐性和他们埋头苦干的精神。甚至于我们还不能不承认他们有更高的品质，因为，面对着大自然，看着它所产生的无穷无尽的品类，居然不特不仓皇失措，反而自信能了解它们，比较它们，这一点，如果没有一种天才的力量和求知的气魄是做不到的。泛爱宇宙万物也是一种爱好，这种爱好，比只爱某一些个别事物的爱好还要伟大。我们可以说，一个人爱好研究自然，心灵里必须有两个表面上似乎是相反的品质：一个是富有热情的天才所具有的那种远大的眼光，一眼就能笼罩到全面；另一个是孜孜不倦的本能所具有的那种不舍秋毫的注意力，抓住一点就不放松。

在自然史的研究中首先出现的一个障碍就是物类过于繁多；但是，同一物类又有变种，把各种气候里的不同产品都搜集在一起又十分困难，这又构成我们知识进展上的另一障碍，这个障碍仿佛是不可克服的，而实际上单凭埋头研究也是不能克服，只有花时间，花工夫，花金钱，并且常常还要靠机会，才能把各种动、植、矿物的保存完善的标本搜集得来，把大自然的全部产品集成排列整齐的一套。

然而，宇宙万物的标本搜集起来了，在大地上泛滥着的一切，我们都辛辛苦苦地把样品搞来、聚在一块了，当我们第一次看到这充满着各种远方异物的宝库的时候，我们最初的一个感觉是什么呢？是惊奇而又赞叹。我们最初的一个感想是什么呢？是回顾自己，惭愧自身的渺小。我们不相信我们辨认着这些不同的物品久而久之会达到完全认识的程度，我们不相信我们会不但认识这些物品的形状，并且还能知道有关每一物品的出生、生产、组织和习惯的一切，换言之，即知道每一物品的全部历史。然而，当我们渐渐和这些物品厮混熟了，当我们常常看见它们，并且，可以说，毫无先入之见地[2]看见它们，则它们自然就渐渐形成一些持久的印象，不久这些印象就会在我们的脑子里以不变的固定关系互相联系起来。由此，我们就提高到较一般的见解，又由于有了这些较一般的见解，我们就能同时笼罩到好几个不同的物品。到了这时候，我们才能研究得有条理，思维得有结果才能开辟途径，达到有益的发现。

所以，我们在开始时应该多看，并且常常看了又看，尽管注意力对于每一个对象都是极端需要的，但是在这里，我们可以暂不使用这样的注意力：我说的是那种盯住一件事就追根究底的注意力，这种注意力，对于知道得已经很多的人总归是有用的，而对于刚开始求知的人却常常是有害的。对于初学的人，最基本的是要把他们的头脑先装上一些概念和事实，并且尽可能防止他们过早地从这些概念和事实里抽绎出许多推论和关系；因为，初学的人往往由于昧于某些事实，由于已有的概念太少，便绞尽脑汁，制造出许多错误的综合，在脑子里装上许多违反真理的结论和结果，这些结论和结果将来就形成许多成见，不容易消除。

就是为此，所以我说开始时应该多看，并且看的时候还要差不多没有什么先入之见，因为如果你一决定只根据某一见解、只遵循某一线索、只依靠某一系统去观察事物的话，纵然你采取了最好的途径，你也永远不能达到你本来可以期望的那样广阔的知识幅度。相反地，如果你在开始时就让你的智慧自己去进行，自己去定方向，不借外力之助而自己获得把握，自己造成一种初步的连锁来代表着思想的线索，那么，你的知识幅度自然就能如你所预期地宽广了。

论自然史研究法——宇宙发展部分[3]

正如治人文史，人们要查阅契券、搜寻纪念牌章、辨认古代铭文，以便划定人类变革的各时代，考定历史大事的确切日期；同样的，在自然史里，我们也应该发掘地球的档案，从地底下找出古老的陈迹，收集这些陈迹的残余，并且把所有物质变迁的征象，凡足以帮助我们上溯到大自然的过去各时期的，都集拢起来，构成一套凭证。这是唯一的方法[4]，使人们能够在空间的广漠无垠里确定出几个据点，在时间的无穷道路上树立起若干里程碑。时间上的过去也和空间上的距离一样，我们的视力是会逐渐减替的，如果不是有史乘和纪年在最黑暗的各点上安排了一些路灯、一些火炬，则我们就和望见渺茫的天边一样根本一点也看不见了。但是，虽然有这些书写的传统照耀着，只要我们上溯到几世纪以前，我们就会在史实的范围里碰到多少疑难啊！在事变原因的判断上犯下多少错误啊！如果再上溯到这传统以前，那更是多么漆黑的一团了！而且，传统也不过传给我们少数的几个民族的活动，也就是说，只传给我们很小的一部分人类的行为，所有其余的人就仿佛没有存在过，对于我们是等于零，对于后代也是等于零。他们从虚无之海里冒出来一下，像幻影一般地过去了，不留下任何痕迹：但愿那些以滔天的罪恶或以血腥的光荣而被人们歌颂着的所谓的英雄们也和那些一去无踪的人们一样，永远埋没到遗忘之夜里去吧！

因此，人文史有两重限制：一方面，在时间上，距我们的时代不远就是一片夜影，另一方面，在空间上，它只能扩及一小部分地域，因为这一小部分地域是曾被一些爱留生活记录的民族先后占据过的[5]；而自然史则不同，它同样地包括着一切空间，一切时间，除宇宙的极限外，没有任何其他限制。

既然大自然是与物质、空间和时间共存的，则它的历史也就是一切存在、一切地点、一切时期的历史。我们乍一看，大自然的伟大成就似乎既不变质，又不变形，纵然是在最脆弱、最易消逝的产品中，我们也可以看到大自然永远地、经常地只是那样，因为时时刻刻都还是它那些最初的类型，和旧戏重演一般再出现在我们的眼前。然而，如果我们仔细观察一下，我们就发现大自然的进展并不是绝对一式一样的，我们可以看出它容许相当显著的变型，它接受陆续不断的变质，它甚至于还可以有一些新的化合，一些实体与形式的变更。总之，就其全体而论，大自然似乎是固定的，就其每一部分而论则大自然确实是变化的[6]。整个说来，我们毫不能怀疑，今天的大自然与当初刚开始时的大自然是大不相同的了，与后来在时间的递嬗中所陆续表现出来的大自然也是大不相同的了；就是这些不同的变迁，我们叫作大自然的各时代。大自然曾经过不同的情况；大地的表面曾陆续采取过不同的形态；就是天也曾变动过，宇宙里的一切物体，和精神界的一切事物一样，是在陆续变化的一种绵延不绝的运动中。举一个例来说，大自然之有今日的情况，一半是它自己的成绩，至少也有一半是我们的成绩。我们曾学会节制它，改变它，驾驭它而使它适应着我们的需要，满足着我们的欲求；我们曾经探测大地，耕耘大地，繁殖大地。因此，大地今日所呈献的面目和它在各种技艺发明前所呈献的面目是大不相同的。道德的，或者更正确点说，寓言的黄金时代只是科学与真理的黑铁时代[7]。那时代的人还是半野蛮的，分散着的，数量不多的，他感觉不到自己的潜力，他不认识自己的真正富源；他的智慧的宝藏还是蕴藏着的；他不晓得众志成城的力量，想不到他会以合群的方法，会以继续不断的协同劳动，把他的意旨印到宇宙的整个面目上来。

所以，我们一定要到那些新发现的区域里，到那些从来没有人居住过的地带里去寻找自然，观察自然，才能对自然的往昔情况获得一个概念。而这种往昔情况还要算是很近代的哩，如果我们拿这种情况和我们五大洲还被水盖着的时代相比的话，和鱼类在我们的平原上居住的时代相比的话，和高山还只是大海中礁石的时代相比的话。从那种远古的时代（然而这还不是最初的时代哩），到后来有史的时代，中间又陆续经历过多少变迁，多少不同的情况啊！这里面不知道有多少事物被埋没掉了！又不知道有多少事变被完全遗忘掉了！更不知道有多少激变在人类记忆之前发生过了！人类精神曾需要很长久的一连串的观察，曾需要三十个世纪的培养，才仅仅能认清事物的现状。整个地球还并没有被完全发现哩；地形之被确定还不过是不久以前的事哩；地球内形的认识之提高到理论的水平，地球构成元素的次序与分布之获得证明，都还只是自今日开始：因此，只是从这时候起，人们才能开始拿大自然来比较大自然，才能开始从它的已知的现时状况上溯到它的较古状况的几个时代。

但是，因为这里是要凿穿时间的黑夜，是要利用当前事物的观察来推定已逝事物的远古存在，是要单凭现存事实的力量上溯到被淹没的事实的历史真理；总之，因为这里是要单凭现状来判断过去，并且不只要判断较近的过去，还要判断最古的过去,因为我们要把我们的一切力量结合起来,以便把我们提高到这样的一个观点,所以我们将运用下列的三大依据:(1)能使我们接近大自然之起源的诸事实;(2)应视为在大自然原始各期中就已经存在的诸运动;(3)能对大自然的后续各期给予我们若干概念的诸传统:然后我们再努力用类推法将这一切联贯起来,构成一个链条,从时间阶梯的顶点一直下达到我们的今天。

洪荒时代[8]

为了在我们所将陈说的这许多伟大的现象中不迷失线索，我们还要回头从较早的时期说起。在那个时期里，水，原先是被烧成蒸汽的，现在凝聚起来了，开始向炽热的、枯槁的、干燥的、龟裂的大地上落下来了。在大地凝固化的时期、在它初度冷却的进程中，所有那些具有挥发性的物质都分解了，化合了，升华了，急骤地陨落下来，我们试努力想象一下，那种陨落的情形是多么奇特骇人的景象啊！空气的元素与水的元素分裂开来，狂风与波涛互相激荡着，以漩涡的形式倾泻到冒着烟的大地上；空中的大气层原先是太阳光钻不进来的，现在逐渐净化了；但是这净化的大气层现在又被浓烟构成的云雾重新遮蔽着，黯淡起来；洪水，落下又腾起，腾起又落下，不断地沸腾着，重复地蒸馏着；空气里那些已经升华过的具有挥发性的物质现在都抛弃着空气，和空气分开，或疾或徐地降落着，因而热一阵冷一阵地浇泼着空气：因此，在这些元素各归原位之前、之后与同时，应该是多么激烈的运动啊！多么狂骤的风暴啊！而那些曾使大部分地面再度受形的翻覆、坍塌、泛滥与变迁，我们不应该认为就发生在这种最初的激荡与奔腾的时候吗？我们很容易感觉到，当时盖着近乎整个地面的洪水，不断地被它自己的骤疾降落搅动着，被月球对空中气层与地上洪流的吸力搅动着，被狂烈的风飙等等搅动着，它一定是服从着这一切的推动力而纷纷流窜的，并且，在这纷纷流窜的运动中，它就开始把地上的谷道挖得更深了，把不够结实的高地冲塌了，把山峰铲低了，把绵延的山脉就其最脆弱的部分冲断了。然后呢，这洪水稳定了，它又在地底下冲出伏流的道路来，它侵蚀着地下窟穴的穹隆而使之崩塌下去，它涌进这种新淘成的深渊，因而水面就逐渐降低了。这些地下窟穴原是地火燃烧的成绩：水一流到就冲击它们，其结果就把它们冲塌了，毁灭了，现在它还继续毁灭着这种窟穴。因此，我们必须认为，地下窟穴的坍塌就是洪水低落的原因，并且事实给我们证明的原因也只有这一个。

最古的物类[9]

我们应该断定：在现时海拔很高的地方发现的贝类和其他海产物品都是大自然的最古的物类[10]；多多采集这种较高地区的海产物品来和较低地区的海产物品做一比较，这对于自然史来说倒是很重要的。我们深信，我们的丘陵所赖以组成的那些贝壳有一部分是属于未知的种类的，就是说，任何人迹常到的海洋里都不能给我们提供出类似的活的贝壳。如果我们有一天把大山里最高处的这些贝壳化石搜集起来，编成一套，我们也许就能判断出哪些贝类是较古的，哪些贝类是较近的了[11]。目前我们所能肯定的就是：有若干化石证明，有某些陆生和海生的动物在古代确实存在过，而现在我们却没有看到有和它们同样的动物在活着了，同时又证明，这些古代动物比现存的和它们同属的任何一种都要大得多。那些尖端粗钝的大臼牙[12]，每一个有十一二斤重，生那种巨牙的生物和那些在岩石里还留下模型的鹦鹉螺，直径有七八尺长，有一尺高，那一定都是兽类中与贝类中的庞大动物。那时大自然正是年轻力壮，以更能动的精力在更热的气温中揉造着有机的与有生的物质；那种有机的物质是比较分散、不很和他种物质相组合的，它能够自己集拢起来，自相组合起来，构成较大的体积，以便发展为较大的躯体。这个原因就足以说明为什么在世界初期仿佛老是生产那许多庞大的物类了。

大自然一面繁殖着海洋，一面又在所有水不曾浸到或迅速退出的那些陆地上散布着生命。这些陆地和海洋一样，只能生长些能耐炎热的动植物，因为那时地面温度是比今天适于生物的温度要高一些的。我们现在有一些古生物遗迹，都是从地底下，特别是从煤矿和青石矿的矿坑里面挖出来的，这些遗迹证明，它们所包含的那些鱼类和植物有一些并不是现存的种类。因此，我们可以相信，海中之有动物并不早于陆地之有植物；在海产物品方面，遗迹和佐证都比较多，也比较明显；但是陆地方面的证据也都是同样靠得住的，它们都仿佛给我们证明，海生动物和陆生植物中的那些远古的种类都已经消灭了，或者宁可说，一从海洋和陆地失掉了它们繁殖所必需的那种高温时，它们就停止生殖了。

海流与火山对地形的影响[13]

我们曾说过，我们的地球有三万五千年都只是一团热气和火焰，任何有感觉的物类都不能接近它；后来又有一万五千到两万年，地面只是一片汪洋：必须有这样长的时间[14]才能使地球冷却，使洪水下退，并且也只是在这第二阶段的末端我们各大陆的地面才算有了定型。

但是在海流活动所产生的这种最后的作用之前，还有其他的几个更普遍的作用曾影响到整个地面上的若干点。我们曾说，洪水从南极来的比较多，它们曾把各大洲的南端冲尖了；但是，当洪水完全落到地上以后，当那盖着全部地面的海洋已经获得平衡的时候，由南而北的运动就停止了，自此，海只服从着月球的恒常不变的势力，这种势力与太阳的势力配合起来，就产生着潮汐[15]与经常由东而西的海流运动。洪水初来时，首先是从两极流向赤道，因为两极区域比地球其他各部分都冷得早些，所以洪水就先在极区降落，后来，洪水逐步淹到赤道各区了。当赤道各区和其他区域一样地被水淹没了以后，由东而西的运动就确定下来了，并且一成不变了，因为不仅在海水下退的那段漫长的时期里，这种由东而西的运动一直继续着，就是现在，这运动也还在继续着。既然海流的这种由东而西的运动是普遍的，其所发生的作用也是普遍的。这种普遍的作用就是把各大洲的西海岸都弄得高耸起来，而同时在东海岸则留下平坦的斜坡。

当海水逐渐下降而露出各大洲的最高点的时候，这些最高点就和许多通风眼被拔去塞子一样，开始让新的火焰冒出来，这种新的火焰是由于一些元质在地心里沸腾着而产生出来的，这些元质就是火山的燃料。这是在那亘延两万年的第二阶段的末期，这时地面被火与水分别占据着。水与火的狂怒同等地撕裂着、吞噬着大地，根本没有任何一个地区可以获得安全与宁息；不过，幸而在那时代，没有旁观者目睹着大自然的这种最骇人的场面，陆上动物的出现，我们只能把它摆在这第二阶段完全结束的时期；到了这时期，水已经退下去了，欧、美两大陆在当时是在北端联成一片的[16]，并且同样地被象居住着，这一点也就可以说明水退的事实。这时

95

火山的数目也大大地减少了，因为火山非有水火交战不能爆发，海水一低落，离火山远了，火山爆发自然也就停止了。我们试再想象一下，地球在这第二阶段刚一结束的时候，亦即在地球形成四万五千年或六万年以后，它所呈现出来的是怎样的一种情状啊！低处全是深水滩，全是急流，全是漩涡；地下窟穴的坍塌与海底及陆上火山的频繁爆发产生着几乎不断的地震；海水的泛滥，江河的溃决，由于这些激变而产生着洪流，还有熔化了的玻璃质、沥青和硫黄汇成的河川，蹂躏着高山，并且从山上流下来，毒化着平原上的水；就是太阳，不仅由于水汽结成的云块，也由于火山冲起的灰尘与碎石所形成的浓雾，差不多经常被掩蔽起来了。我们真要感谢造物主没有使人类目睹这种狂烈骇人的景象，这种狂烈骇人的景象是发生在聪明而敏感的动物出生之前的，并且也可以说，是预告着有聪明而敏感的动物快要出生的。

初民生活[17]

那最初的人类,眼见着地面还在很频繁地像痉挛一般地抖动着,他们为着逃避水灾只有拿高山做栖身之地,而火山的烈焰又偏偏常把他们从这种栖身之地驱赶出来,他们在大地上战栗着,大地又在他们的脚下战栗着,他们身体上一无所有,智慧上也一无所有,听凭着各种元素去摧残,他们又受着猛兽疯狂的袭击,难免落入猛兽的馋吻。在这种情况下,那些原始的人们既同有悲哀恐怖之感,又同迫于无法生存的情势,还能很快地寻求团结吗?他们寻求团结,首先是为着以群力来御侮图存,然后又为着以互助协作来建造住宅、制造武器。他们制造武器,最初是把那些硬石块,那些玉石,那些"雷石"磨成斧形,——

所谓"雷石",人们以前认为是雷火构成、由云端里掉下来的[18],而实际上只是纯自然状态中人类艺术的最初的成绩而已。初民拿石块打着石块,一定不久就打出火来了,他们一定又掌握到了火山的烈焰,或者利用到了那些炽热的熔岩,因而把火传播开来,在森林里、丛莽里给自己打出了一个世界。因为,他们有了这个强力的元素来帮忙,他们就把他们要住的地面都清除干净了,没有毒害了。他们又拿着石斧,削下树枝,砍下树干,截成细块,造成其他最必需的武器和工具。到了这时,那些初民既装备了大棰和别的防御性的笨重武器,就想不出法子来再造些攻击性的较轻巧的武器以便从远处就能打中目标吗？一根粗或细的兽筋,一些芦荟的纤维,或者一条软树皮,就够给他们做成绳子把一根有弹力的树枝的两端连接起来了,他们就这样造成弓了；他们又磨尖一些别的小石块,于是弓又装上箭了。不久,他们一定又有了网,有了木筏,有了小舟。如果初民社会一直只是几个家庭,或者更正确点说,一直只是从一个家庭发展出来的亲属构成的小民族,他们就会一直停滞在这个阶段里。到今天,我们还看到许多野蛮人以这样的小集团生活着,他们愿意停留在野蛮状态里,他们也就能够停留在野蛮状态里,因为他们所住的地方,有的是自由空间,猎品、鱼类、果实都是不缺乏的。然而,凡是在空间被大水或高山限制住的地方,那些小民族变得人口太多了,他们就不能不瓜分他们的土地了,于是从这时候起，土地就变成私人的产业了：人以自己的耕作劳动占有着他的产业，而乡土之恋也就紧随着这种占有的最初活动而产生出来。个人利益既为民族利益的一部分，则秩序、警卫、法律必然就接踵而生，而社会也就必然有了稳定性，有了种种力量。

不过，这些人们对于他们最初状态中的种种灾害还深深地感到余痛，他们眼下还有洪水摧残的痕迹，火山焚烧的余烬，地震裂开的深坑，他们对世界上的这些苦难就保留下了一个持久的，乃至永恒的回忆：他们想，人总归是要被一次漫天的洪水淹死的，或是要被一次遍地的大火烧死的；他们曾在某些山上逃避了水灾，他们就对这些山怀着尊敬；他们看见另一些山喷着比雷火还可怕的烈焰，他们就对这些山怀着恐怖；他们看见大地这样用水和火对天作斗争，这就形成了提坦[19]以及提坦进攻天神等传说的根源。他们相信是真有一个凶恶的神祇存在的，因而就产生了畏惧和迷信。这一切情感，都是以恐惧为基础的，从此以后它们就永远盘踞在人的心灵和脑筋里而无法摆脱了[20]。就是经过了长时期的经验，经过了暴风雨时代后的宁静时期，就是对于大自然的活动与效果有了认识，人们的心还是没有完全安定下来。而人类之能对于大自然的活动与效果获得认识，又只是某一个庞大社会在和平的地域里建立起来之后才能做到的事。

人类真正的光荣是科学， 真正的幸福是和平[21]

　　人类的力量和大自然的力量结合起来，并且扩张到地球的大部分面积上面，至今还不过三千年左右；以前，地力的许多宝藏一直是蕴藏着的，后来，人把它们开发出来了；还有许多财富埋藏得更深，但是它们也不能逃出人类的搜寻，终于变成了人类劳动的代价：不论在什么地方，只要人能明理安分，他就能接受自然的教训，学习自然的榜样，利用自然的资源，在大自然的无尽藏的怀抱中选择于他有用的或能使他喜悦的一切物品。凭着他的智慧，许多动物被养驯了，被驾驭了，被制服了，被迫着永远服从他了；凭着他的劳动，沼泽被疏干了，江河被防治了，险滩急流被消灭了，森林被开发了，荒原被耕种了；凭着他的思考，时间被计算出来了，空间被测量出来了，天体运行被识破了，被联系起来了，被测绘出来了，天体与地球被作成比较了，宇宙被扩大了，造物主也被像样儿地崇拜了；凭着他的由科学产生出来的技术，海洋被横渡了，高山被跨越了，各地人民间的距离被缩短了，一个新大陆被发现了，千千万万孤立的陆地都入于他的掌握了。总之，今天大地的全部面目都打上了人力的印记，人力虽然是从属于自然力的，却常常比自然力还要伟大，或者至少可以说它帮助了自然，并且是这样神妙地帮助了自然，以至于大自然之所以能够全面发展，之所以能够逐步达到我们今天所看到的这样完善、这样辉煌，都是完全借助于我们的双手。

可不是嘛，我们试拿生野的自然和经过加工的自然比较一下，试拿美洲的那些小的野蛮种族和我们这些大的文明民族比较一下，就是拿那些只算半野蛮的非洲民族来比较吧，同时你们看看那些民族所住的土地的情况，你们就可以很容易地判断出那些人们的价值不大，因为他们的手留在土地上的印记不多。或者因为愚昧，或者由于懒惰，那些半生野的人们，那些或大或小的未开化的民族，只能成为地球的负担而不能减轻大地的疲劳，只能使土地饥荒而不能使土地蕃息，只知道毁坏而不知道建设，只知道消耗一切而不知道有所更新。然而，人类的最可鄙的情况还不是那些生野的人民，却是那些开化四分之一的民族，这些民族自古以来就是摧残人性的真正的祸害,直到今天文明的民族还不容易控制他们:我们在前面说过,他们曾经蹂躏了最初的一片乐土,拔掉了这片乐土上的幸福的萌芽,毁灭了科学的果实。自从这第一次蛮族南侵之后,又有多少次的其他侵略接踵而来啊!从前,在北方的那些地域里有人类的一切繁荣,后来,人类的一切灾难都从那些北方地域里泛滥出来了。人们曾有多少次看到那些人面兽心的动物的浪潮,经常从北方涌来,蹂躏着南方的地域啊!请你翻一翻各国人民的纪年史吧,你可以数到二千年的战祸,还数不到几年的太平生活。

大自然为了造成它的伟大作品,为了使地球由白热降低到温暖的程度,为了使地面获得定型并达到安静的状态,已经费了六万年[22]的工夫了:还要多少年的工夫人类才能达到同样的安静状态,不再互相讹诈,互相捣乱,互相残杀呢?什么时候他们才觉悟到和平地享受着自己祖国的土地就够叫他们幸福了呢?什么时候他们才能变得足够老实能把他们的奢望抑低下来,放弃那些痴心妄想的统治,放弃那些常常有害无利或者至少是害多利少的远方殖民地呢?西班牙帝国在欧洲的本土和法国一样大,而在美洲的殖民地却比法国大十倍,它可真是就比法国强了十倍呢?甚至于我们还可以问,这个豪迈而伟大的民族从事远征的结果,能比得上尽量开发本国富源那样足以招致富强吗?英国人本来是一个这样老成,这样深谋远虑的民族,他们竟然也把殖民地的范围扩张得太远，岂不是犯了一个严重的错误吗？我觉得古代的人对殖民事业的看法比现代的人还正确些哩。古人之计划移民，只是在他们的人口使他们负担不起的时候，只是在他们的土地和他们的商业不够供应他们的需要的时候[23]。人们一提到蛮族南侵都会谈虎色变，实际上当时蛮族是局促在那些硗瘠、寒冷、贫乏的土地上的，而邻近就是耕熟了的富饶的区域，有他们所缺乏的一切资源，他们的历次南侵岂不是有更迫切的原因吗？然而原因尽管迫切，这些惨痛的征服使人们流了多少血啊！在当时，在事后，又有多少不幸，多少损失伴随着这些征服而来啊！

这些充满着死亡与破灭的巨变都是由愚昧产生出来的，我们不要多谈这种惨相了。我们希望各文明民族间现有的势力平衡，虽然还不算完善，却能维持下去，甚至于随着人们将来能更正确地了解自己的真正利益而渐渐变得更稳定些；希望人们认识和平与安宁的价值，把和平与安宁作为他们向望的唯一目标；希望君主们鄙弃那种征服者的虚荣，贱视那班谋士们的名利思想，他们专怂恿着君主去好大喜功以便使自己能扮演一个角色。

因此，我们假定世界是和平的，我们来仔细看看人力究竟能对自然力发生多么大的影响吧。我们知道地球是在陆续冷下去的，要把这种冷却的趋势扭转过来，把某一气候的温度变暖，虽然不好说是不可能，却也似乎是没有一件事比这个更困难了。然而，人却能做到这件事，并且已经做到。巴黎和魁北克差不多是在同一纬度上的，占着同样的高度[24]；因此，如果法国及其所有四邻各地都像加拿大四邻各地一样，人烟稀少，森林遍地，海涛浸渍，则巴黎一定会和魁北克一样的寒冷。改善卫生环境，开辟草原，移殖人口，就足以使一个地方保持温度至数千年之久，而这一点也就预先答复了人们对于我的地球冷却说，或者更正确点说，对于地球冷却的事实，所能提出的唯一合理的反驳[25]。

有人会问我，依你的学说，今天整个的地球都应该比两千年前冷些；但是传统的说法却给我们以相反的证明。从前，高卢[26]和日耳曼[27]都出产麋、大山猫、熊以及其他类似的动物，后来这些动物都退到北方各地去了：这种向北趋寒的进程和你所给它们假定的由北而南的进程是大不相同的。而且，历史告诉我们，每年在冬季塞纳河[28]通常有一部分时间是结冰的，现在却不然了。这些事实不都仿佛是直接与那所谓地球冷却说相反的吗？我承认，这些事实会与地球冷却说是相反的，如果现在的法国和德国还和古代的高卢和日耳曼是一样；如果人们还没有砍去森林，疏干沼泽，控制急流，疏导江河，并把所有的那些榛莽丛生、朽株壅塞的土地开发出来。但是，人们难道不应该想想，地心热的减退是缓慢到感觉不到的程度吗？不应该想想，地球冷到现在的温度曾需要七万六千年吗？不应该想想，再过七万六千年地球也还不会冷到使生物的体温全被消灭的程度吗？除此而外，我们应不应该再把这样缓慢的冷却和那种自空中袭来的迅速而突然的寒冷比较一下呢？我们不要忘记，我们夏天的最高温度和冬天的最低温度，其间的差别才不过是三十二分之一呀[29]，由此，我们就已经感觉到各种外因之影响于某一气候的温度比内因要大得多，凡是高空寒气被潮湿吸引下来或被风压到地面的地方，这些特殊原因所产生的效果要远超过地球冷却的通因所产生的效果……

……因为每一运动，每一动作都产生热，又因为凡是具有进展运动的生物本身都是一个小的放热点，所以，某一地区的地方温度之高低（假定其他一切条件都相等），就要看人与动物的数量和植物的数量之间的比例如何：前者散布热气，后者只产生冷的潮湿。人惯于用火，这也在人烟稠密的地方大大增加了那种人工温度。在巴黎，在严寒的时节里，圣豪诺勒郊区要比圣马索郊区冷些，在温度表上要差两三度，因为北风经过这个庞大城市的许多烟囱便变得温和了。在同一个地方，多一个或少一个森林就足以使温度转变：只要树是活着的，它就吸引冷气，以阴影减低太阳的热力；它们产生湿气，湿气又形成云片，以雨的形式落下来，云越高，雨就越冷；假如那些森林都是听其自然消长着的，则树木老死了，倒下了，就在地上冷冰冰地腐朽着，而相反地，假如这些树落到人的手里来，它们就成为火的燃料了，就变成任何一地增加热度的辅助原因了……

……大自然的能量之大小视乎温度之不同：一切有机体的成长、发育乃至产生都只是一个总因的特殊效果。因此，人，操纵着总因，改变着温度，就可以同时一面消灭于他有害的东西，一面化育一切于他有利的东西。有些地方，温度的全部要素都是很平衡的，并且很有利地配合起来，专门产生着良好效果，这真是幸福的地方啊！但是，天下可有一个地方是一开始就具有这样好的特殊条件呢？可有一个地方人力不曾给自然力帮忙，或者导引水流，或者铲除害草，或者驯养并繁殖有用的动物呢？在地球上生活着的三百种兽类与一千五百种禽类之中，人特别选择了十九种或二十种禽兽[30]，而这二十种禽兽在自然界里所占的数量比其余各种全部的数量都还要大些，为人类造益也比其余各种全部的禽兽还要多些。它们的数量之所以大，是因为它们受了人的控制，经人把它们大量地繁殖起来了。它们以和人一致的步调，发挥着人所能期待于物力之良善管理与培养的一切功能：或用于耕田，或用于产品的载运与贸易，或用于增加人类的衣食资源，总之一句话，它们对于那唯一能以辛勤畜养酬答它们的劳绩的主人，满足着他的一切需要，甚至于还给他提供着种种享乐。

而在人所选择的这少数的几种禽兽当中，鸡和猪最善繁殖，同时也在地球上散布得最广，就仿佛最强的繁殖力是和那种不怕一切环境困难的抵抗力生来就是结合在一起的。人们曾在地球上最荒僻的地方发现鸡和猪，在塔希堤和其他远离大陆、一向无人知道的各岛屿上都有：看来这两种禽兽在人类历次迁移中都是随着人类迁移的。在那孤立的南美洲，我们的家畜还没有任何一种能够移殖进去哩，人们就已经发现有贝卡利猪（Pécari）和野生的鸡类了，这种野生的猪和鸡虽然比我们欧洲的小些，并且微有不同，但是应该被视作相近的种类，并且可能和欧洲的鸡和猪一样地加以驯养。然而，野蛮人毫无合群观念；连鸟兽他们都不想与之同群。在南美洲各地，野蛮人没有家养的任何禽兽；他们漫不经心地消灭着良种和劣种；他们不选择任何一种来加以喂养和繁殖，否则的话，只要有繁殖力强的一种动物，例如属于鹑鸡类的合科鸟（hocco）吧，他们手下有的是，稍微费点力喂养起来，就足以供给他们衣食资源，比他们辛苦打猎所能得来的还要多哩。

所以初开化的人的第一个特征就是他知道了对禽兽取得控制力；而人类智慧的这第一个特征后来就变成他统治自然的最突出的力量：因为，他只是在驯服了禽兽之后，才能借畜力之助，改变大地的面目，将荒野变成耕地，将荆棘变成良禾。他繁殖着有用的禽种和兽种，他就在大地上增加了运动量与生命量。他培养植物以滋养动物，又培养植物和动物以滋养自己的生命，因而使自己的生命由繁衍而广布着，这就提高了整个的一套动、植物类，同时也提高了自己：他到处产生着丰饶，丰饶之后必然就是人口的繁荣。古时二三百个野蛮人占着的空间现在能容几百万人居住了，从前几乎没有禽兽的地方现在有成千成万的禽兽生息着了。人发挥着力量是为着满足自己的需要，所以只有宝贵的萌芽才被发展起来，只有最优良的品种才被培育出来；在那棵无穷大的丰产之树上，只有结果的枝子存在下去，而每一个结果的枝子都获得了改良。

人用来做食粮的谷粒并不是自然的恩赐，却是人在他那最早的技艺——农业中努力钻研、发挥智慧所得来的伟大而有益的成果。大地上没有一个地方曾发现过野麦，很明显地那是人用工夫改良出来的一种草；因此，首先要在千千万万种草之中辨认出、选择出这一种宝贵的草来；然后还要播种它，收获它，反反复复地多少次才能发觉它的繁殖力是经常与耕耘和肥料成比例的。小麦虽然和其他一切年生植物一样，结了实就要枯死，但是它在幼苗时期能耐冬寒的那种可谓独一无二的特性，它适于一切人、一切禽兽，适于几乎一切气候，并且久藏不坏，又不丧失生殖力的那种神奇的品质，都足以说明麦的种植是人类自古以来最幸运的发现，并且说明不论我们假定这发现是如何的早，在这发现之前一定已经有了耕种技术，而这耕种技术是有科学基础，并且是根据观察而获得改良的。

关于人控制植物性能的那种力量，如果有人要我举些较近代乃至现代的例子，我们只要拿我们的蔬菜、我们的花卉和我们的果品跟一百五十年前同品种的蔬菜、花、果比较一下就成了：我们自加斯东·得·奥尔良[31]时代起，就开始有一部彩色的大花谱，这花谱直到今天还在御花园里继续编制着，我们试拿它来浏览一下，就可以直接地、很正确地做出这种比较：也许我们会很惊讶地发现，那时代最美丽的花卉，如毛茛、丁番、马兰、熊耳等等，在今天，如果我不敢说城市里的花商会鄙弃不顾，至少乡村里的园丁是会丢掉不要的。这些花，在当时虽然已受培植，但是离它们的自然状态还不很远：仅仅一重花瓣，雌蕊很长，颜色生硬或不正，无茸毛，无变化，无彩泽，这都是野生的粗朴特征。在蔬菜类里，菊苣只有一种，莴苣只有两种，都很坏，而今天，我们数得出五十多种菊苣和莴苣了，并且都很好吃。同样的，我们最好的有籽和有核的水果，我们都指得出它们出现的很近的时代来，它们都和古代的水果不同，只是名字相同而已。通常，我们拿现代的物品和古代的物品相较，总是品质不变，而名字却变了。这里则正相反，名字依然存在而品质却变得完全不同：我们的桃，我们的杏，我们的梨，都是些新产品，只冠上了早期产品的旧名称。为着扫除一切怀疑，我们只要拿我们的花，我们的果，和古希腊、拉丁作家所描写的，或者更正确地说，和他们所说明的，比较一下就可以了；他们的花都是单层的,他们的果树只是些选择不精的野树,结着酸涩或干枯的小果实,既没有我们水果的滋味,又没有我们水果的美观。

并不是说,在这些好的新品种中,最初都没有一个是从野树出来的。但是为了由野树获得这些优良的品种,人曾需要多少次地考验着自然啊!他曾把多少万棵幼芽栽到土地里然后土地才把它们生产出来啊!他只有播种着、保育着、培植着几乎无量数的同样的植物,并且使它们结出果实来,然后才能辨认出某某几棵树结的果实比别的树所结的甘美些:这最初的一个发现已经叫他煞费苦心了,但是如果没有第二个发现,则这第一个发现还是等于白费,而第二个发现之需要天才,正如第一个发现之需要耐性。所谓第二个发现,就是找到了接树法,把那某某几棵宝贵的树传播开来。原来不幸得很,那某某几棵宝贵的树不能生出和它们同样好的小树,也不能自动地把自己的优良品质遗传下去:这一点就说明那些优良品质是纯粹属于个体的,不是一个属于种类的特性。因为,那些优良果实的籽或核,和其他果实的籽或核一样,只能产生一些野树,因此它们不能构成根本与野树不同的品种,但是人运用接树法,可以说就造出了第二个品种来,而这些第二个品种,他可以任意推广和繁殖。他截来接在台木上的那个苞芽或小枝包含着那种不能借籽粒遗传的纯个体的品质,这品质只要获得发展就能够结出和母体同样的果实来;

虽然人把苞芽或小枝从母体分开，接到台木上来了，但是台木并不能把自己的任何一个坏品质传递给那苞芽或小枝，因为它并没有帮助那苞芽或小枝形成，它并不是母亲，却仅只是乳娘，它只向苞芽或小枝灌输着汁液而使它们成长。

在动物界，大部分表面上似乎属于个体的品质，实际上都可以和种类特性一样地以同样的方式遗传下去并传播开来：因此，人影响动物的品性比影响植物的品性要容易些。在每一类动物里，所谓某种某种都不过是一些固定的变型，这些变型都是由生殖延续下去的，而在植物界，则没有任何种、任何变型能固定到由生殖延续下去的程度。我们仅就鸡类和鸽类来说吧，人们最近使鸡和鸽产生了大量的新种，并且这些新种，个个都能自己繁殖；在别的禽类里，人们也天天在用杂交法培养着品种，提高着品种；时常人们还把外地品种移植到我们这里来，或拿野生品种加以驯养。所有这些现代的新近的实例都证明：人类很迟才认识到自己力量的广阔，并且证明他甚至于到现在都还没有足够认清他自己的力量哩。他的力量完全依靠他的智慧的运用：因此，他越观察，越研究自然，他就越有办法统治自然，并且越容易从自然的怀抱里发掘出新的财富来，而这种发掘并不削弱大自然的无限丰产的宝藏。

由此说来，人对于他自己，我是说对于他自己的种类，如果意志经常是被智慧指导着的话，他还有什么做不到的事啊！不论是在精神方面或在肉体方面，他要是进行改善他的自然品质的话，谁能限量他能达到什么样的程度呢？世界上有一个国家敢自夸着说它已经做到尽善尽美的政治了吗？政治的使命应该是以和平、丰富、生活福利和种种滋生繁息之便，来照顾人民的生存，节约人民的汗血，使全体人民虽不是绝对平等地幸福，却也不是那样不平等地不幸，这一点，有一个国家做到了吗？这就是任何求进步的社会的精神方面的目标呀！再说到肉体方面，医药科学以及以保生为目的的其他各种技艺是不是和战争产生的那些破坏性的技艺同样地进步了呢？同样地研究了呢？人，从古及今，似乎总是为行善而考虑的少，为作恶而研究的多：任何社会都是善和恶混杂着的。因为在一切感染群众的情感之中，恐惧是最强有力的，所以首先是在作恶的艺术上表现有奇才异能的人最能吸引人类的注意；其次是才艺足以使人类放怀欢笑的人最受到人类的关怀。只是后来，那导致虚幻的荣名与无聊的欢笑的两个方法用得太长太久了，人类才终于觉悟到他的真正的光荣是科学，他的真正的幸福是和平。

人力胜天工[32]

请你们看看那些荒漠的滨海之区吧，请看看那些从来没有人住过的凄凉地域吧：凡是高的部分都是浓密而黝黑的森林覆盖着，或者更正确地说，如猬刺一般耸立着；有许多大树，既无皮，又无顶，弓腰曲背，枝条断折，衰老得正要崩倒下来，另有一些大树，数量更多，在这些老树旁边躺着，在已经腐烂的树堆上腐烂着，这一切把所有正要发育的萌芽都窒息死了，葬送掉了。大自然在任何别的地方都是青春灿烂的，而在这里却显得衰老不堪；大地被压在自己产物的残骸下面，感觉得负载过于沉重，它呈献出来的不是一片蓬勃的青葱，却只是一片荒原，充塞着、绵亘着纵横的老树，树上又满载着寄生植物，如苔藓、菌蕈等等，都是腐朽产生出来的余孽。凡是低洼的部分都是死水，由于缺乏疏导而浑浊发臭了；还有许多淤泥地带，既非固体，又非流质，所以无法接近，不论对陆生动物或水生动物来说，都同样地是无所用之；还有许多滩地，满盖着恶臭的水草，只滋养着有毒的昆虫，窝藏着肮脏的兽类。在这些占着低地的臭沼泽与那些盖着高地的老树林之间，展开着一些荆棘丛生的旷野，一些草原，这种草原与我们的草场毫无共同之处；那里恶草长的特别高大，把良草都窒息死了：那绝不是一斩齐的细草仿佛在地面上铺着一层茸毛，也绝不是开着花的草皮显示着它的辉煌的生产力；却都是些粗野的植物，刺棱棱的硬草，互相纠结着，不像是从地面上长起来的，却仿佛是这棵草在那棵草上生着根的，它们枯了一层又生一层，草上架草，构成莽莽一团，有好几尺厚。在这些荒野的地方，没有道路，没有交通，没有任何人类智慧的痕迹。人要想走进这些荒野，就只有循着野兽闯开的窄径，并且要随时提心吊胆免得变成野兽的食粮。荒野的吼声既使他震惊，那一片冷落凄凉的沉寂又使他心悸，他只好往回跑了，他说："生野的自然是丑恶的，死沉沉的。要使它变得可爱，变得生气蓬勃，那还要靠我，并且也只有靠我：让我来把这些沼泽疏干吧，把这些死水变成活水、让它流着、形成清溪、形成运河吧；还有那功效猛烈、能吞噬一切的元素——火，本来是隐藏着的，现在已经凭我们自己的力量找到了，我们拿它来利用一下吧;像这片无用的草莽,像这些已经朽了一半的老树林,让我们来放它一把火吧;火烧不尽的,我们再用铁来铲除掉;不久,这些水灯草就会没有了,替癞蛤蟆制造毒浆的荷花[33]也会消灭了,我们将会看见毛茛、苜蓿、种种味甘而有益卫生的草类产生出来了;活跃的牲畜群将践踏着这片不能通行的土地了,它们将在这里找到丰富的食粮、不断重生的牧草了;它们将生生不息,以至于无穷了。然后我们再利用这些新的助手来完成我们的工作吧:让牛驾着轭,运用它的气力和体重来耕地吧,让大地由于人的耕耘而恢复青春吧:一个崭新的大自然就要从我们的手里出来了。"

这种经过耕耘的大自然又是多么美丽啊!由于人的操作,它变得多么炫赫、装点得多么富丽堂皇啊!而人的本身也就构成了大自然的主要的精彩,他是大自然的最高贵的产儿,他繁殖着自己,也就是繁殖着大自然的最宝贵的种子。大自然本身也仿佛随着人类的繁殖而繁殖起来了。大自然的怀抱里蕴藏着的一切,他都凭着自己的艺术把它发掘出来了:多少宝藏过去不曾被人发觉啊!多少新的财富啊!花、果、谷粒都被改良了,繁殖至于无穷了;有用的动物都被交流了、被传播了、被增加到计数不清了;有害的动物都被减少了、被限制了、被驱除了;金子和比金子更宝贵的铁,都从大地的脏腑里取出来了;急流被控制了,江河被疏导了、被防范了;就是海也被征服了,被侦察了,并且从这半球到那半球被渡过了；大地到处都可以有人迹了，到处都被改造得又蓬勃又丰产了。河谷里都是些笑眯眯的草地，平原上都是些富厚的牧场或者更富厚的良田；丘陵都长满了葡萄和果实，丘陵顶上都冠戴着有用的树木和新植的森林；荒漠变成了都市，住着庞大的人口，他们不断地流动着，从这些中心辐射到边远的地区；道路开通了，经常有人来往了，种种交通都到处建立起来，成为人类社会的力量与团结的象征了；还有人类威力与光荣的无数其他的成绩都充分地证明着主宰大地的人类已经完全改变了、刷新了整个大地的面目，并且充分地证明着自古以来人类在造化的权力上无时无刻不是和大自然分庭抗礼的。

然而，人之所以能主宰大地，只是由于他的征服；他享受着，却不能一劳永逸地占有着，他只有日新月异地努力才能保持住他的成果。努力一停止，则一切都要委顿下去，一切都要变质，一切都要改样，一切都要再回到大自然的手里；努力一停止，大自然就要收回它的权利，扫除人类的成绩，在人类最辉煌的建筑上盖上灰尘与苔藓，然后慢慢地再把它磨灭掉，只给人留下一个追悔——追悔着不该由于自己的过失，把列祖列宗艰难缔造的成业完全丧失掉了。这种人类失掉主宰权的时代，这种毁灭一切的野蛮世纪，自古及今都是由战争造成的，而这种时代的到来总是连带着大饥馑与大死亡。人，本来是合群才好做事的，团结才有力量的，和平才有幸福的，而他却偏偏又有那么一种疯狂性，偏要武装自己使自己不幸，偏要战斗使自己衰落。他被无厌的贪欲刺激着，被更无厌的野心蒙蔽着，于是就放弃了人道感，转移一切的力量来对付自己，想尽方法来互相毁灭，其结果，真个自己把自己毁灭了。等到这些大流血、大屠杀的日子过去之后，等到所谓光荣的那种过眼云烟消散了，他才凄然地看到：大地已经破烂不堪了，文化艺术完全葬送了，许多民族都流离失所了，各国人民都精疲力竭了，人类自身的幸福既已破坏净尽，人类真正的威力又复消灭无余。

De Buffon

附 录

布　封

——圣勃夫评佛鲁兰斯的《布封著作及思想史》[34]

凡是身非科学家而想钻进《布封全集》这样广泛的阅读并要求有所秉承的人们，不能找到比佛鲁兰斯先生更可靠的向导，更准确、更清楚的南针了。佛鲁兰斯先生以这本佳作为各阶层的读者做出了一个新的贡献。居维叶（Cuvier）在《世界名人传》里写在"布封"名下的那一条也不能抹煞，这篇文章里每个字都有其分寸和分量。就另一个不同的观点来说，只要想稍微意识到环绕布封大名所引起的，并且还在争论着的那些问题的重要性，也宜于把饶佛罗·圣迪来（Geoffroy-Saint-Hilaire）以布封为题写的那篇基本"研究"（见《传记拾零》），以及他的肖子兼继承人依西道尔·饶佛罗·圣迪来（Isidore Geoffroy-Saint-Hilaire）先生在《动物学史论》里又说到的那些话，都拿来和上列各书并读一番。关于风格，关于布封的为人和文学事业，韦尔曼（Villemain）先生在他那辉煌的《十八世纪文学》各讲中也有一讲，似乎已经把这个题材阐发无遗了。在我对布封所能说的这寥寥数语中，我将迅速地并充分地利用着上述的那些资料。

在18世纪四大伟人中，布封死得最迟，他于1788年4月16日逝世的那一天，可以说就算结束了这一个世纪。他1707年9月生于布尔高尼省的孟巴尔（Montbard）城，比卢梭大五岁，比伏尔泰小十三岁，比孟德斯鸠小十八岁。父名勒·克来克（Leclerc），是狄庸（Dijon）高等法院推事，当时这个法院很包括一些博学之士，和老世家渊源未泯的人物。布封却说他特别像他的母亲，他谈到母亲时，总是带着孺慕和满意的心情。他在狄庸中学读书，一开始就显出对工作和娱乐都有强烈的倾向。大自然给予了他一切的优点，身段好，器宇好，面貌好，力气大，一种向各方面发展的热情，最后被理性和意志控制着。"大力士的身体与哲人的灵魂"，这是后来伏尔泰秉心公正时给他下的定义。然而，布封只是逐步变成这种哲学家、这种哲人的，他的青年时代似乎是相当激烈，相当躁急。但是，不管夜里做了什么事，早晨总是叫人按时唤醒他以便继续读书。几何学从中学时代起就很叫他花了一番工夫，并且看他那样热心钻研，就几乎像是他的终身职志；或者，更正确些说，由于他那种高度的、广泛的求知欲，他从少年时代起就齐头并进地钻研各部门知识：他不愿意有一件事别人懂得了而他自己还没有懂得；否则他就会感觉到这是人生之耻；而这种高贵的骄傲感，辅以一种百折不回的意志，助以一种令人惊叹的智力，就使他登上了那些巍峨的科学的最高峰。大自然还给所有这些异禀加上一个结顶：它使他善于雄辩。

他年轻时就和旅居狄庸的一个英国青年贵族的保傅结识上了，这个结识使他做了一次意大利旅行，后来又作了一次英国旅行；这是他平生仅有的两次旅行。这一位包罗中外、囊括古今的人物，这一位描写过那么多生物形象的人物竟可以说：“我坐了五十年的书桌子。”布封有点近视眼：这是他唯一的缺隐。唯其如此，他特别发展了以智慧之眼观测一切、以凝神默想体会一切的那种能力。

这第一次有关英国方面的结交对于布封倒是很有益的：它使布封早日得知英国科学界新完成的那些伟大的成就。他毫不迟疑地就走上牛顿和这一派大物理学家的道路。布封最初发表的作品是两部由英文译成法文的译作。他译了赫尔斯（Hales）的《植物静力学》（1735）和牛顿的《微积分术》（1740）。在所作《微积分术》的序文里，他说的话显得是十分内行，把当时这种无限计算的发明所引起的争端解释得清清楚楚,手法高明,几乎是引人入胜的。在放在赫尔斯译文卷首的那篇序文里,他宣扬物理学上的实验方法,并且起来反对系统,说得使人不免要惊问:将来建立起那么多美妙系统的人是否也就是他?

大自然的系统,

他说

也许依赖于好几个原则:这些原则是我们不知道的,它们之间的互相配合我们同样是不知道的。我们除了我们的想象力而外没有任何其他向导,我们怎么就敢自诩能揭露这些神秘呢?怎么能使人忘记结果是认识原因的唯一手段呢?只有精细的,按照推理而循序渐进的实验才能迫使自然暴露它的秘密;所有其他的方法都从来没有成功过,真正的物理学家不禁要把旧时的系统看作旧时的梦呓,并且读到大部分的新系统也只好当作读小说一般。所以,实验与观察汇编是增进我们知识的唯一书籍。

这初期的布封,同时是几何学家又是醉心实验的人,还丝毫不能使人感觉到二期的布封会是那么一个大胆的、有点急于把事实隶属于思想下面的概括家。大家都知道他给化学家桂东·得·毛（Guyton de Morveau）的那个回答，有一天，桂东要拿一个物体放到烧杯里化验，以便求证他从理论上抽绎出来的一个事实："最好的烧杯是我们的脑筋。"他回答说。实在的，要对大自然的作品下结论，这句话是多么具有冒险性啊！

但是，这是因为布封的内心深处有一个天才正要委蜕而出，它也在要求满足：这个天才是画家的天才，诗人的天才，是首先需要有阔大的见解而后再放手抒写的那种人的天才。在他的"自然史"第十二册卷首，他带着一种天真的意味、坦白地承认说，他的生性具有这种不可抑制的需要，促使他在"自然史"里放进几篇概论，以便能抒发自己的思想，概括地综论自然，在钻研细节发生厌倦之后获得一些安慰："然后我们再回到细节上来，带着较多的勇气，"他说，"因为，经常不断地搞些小问题是需要勇气的，小问题的考察需要最冷静的耐性，毫无天才活动的余地。"

我们可以看见，当布封说天才只是一个较大的埋头工作的能力、较大的耐性的时候，他绝不是指这种冷静的耐性，这种耐性与那种神明之火的天才是毫无共同之处的。布封的天才兼有诗人与哲学家的二重性。和原始时代的天才一样，他混淆着、融合着这两种性质。"布封先生重视弥尔顿甚于重视牛顿，"奈克夫人说，"据他看，弥尔顿的精神广阔得多，他认为把一切人都关怀的许多思想都综合在一起是比较困难的，而找出一个思想来解释自然诸现象，则较为容易。"我一面理解着奈克夫人记下的这个回忆，一面又要适当地打点折扣，我不相信世界上会有一个人曾被布封放在牛顿之上，他的书房里唯一的装饰就是一张牛顿的刻像，我从奈克夫人那句话里只能抽绎出这样一个结论：在布封的天才里有许多属于弥尔顿型的结构和画面、要求产生出来。有人曾说布封渊源于牛顿与笛卡儿，说他有些徘徊于二人的方法之间：我敢认为，宁可说他奄有牛顿与弥尔顿的成分，说他的系统部分特别具有最崇高的诗的性质。

1739年布封被任命为御花园总管，同年又参加了科学研究院，社会上知道他，还只因为他做了上述的两本译品之一和几篇关于相当个别问题的研究报告。就是在这时候他想到了一个计划，要充分利用他的御花园的地位来做一个自然史学家。这时他三十二岁。

"自然史"这个名称在当时还有点模糊；布封自己也感觉得有点模糊，他把这个课题一股脑儿包下来，要努力使之明晰，却以绝不缩小范围为条件。在准备工作中，他拉着多班顿（Daubenton）做助手，替他搞描写和解剖部分，十年之后，于1749年，出版了他的"自然史"的头三册——四开本的巨册。那是本世纪的大事之一。从这时候起，这部巍峨的"自然史"的各巨册就继续印行着，规则地，依次地，为数三十有六，一直到布封死的时期（1749—1788）。作者的一场重病使工作间断近两年之久，但书的出版并没有多大延缓。布封在这个漫长的事业推进中找了好几个合作人。多班顿在某一时期退出了，继他之后，特别有孟拜拉（Guéneau de Montbéliard），后来又有拜克逊长老（abbé Bekon），帮他搞"鸟类"，孟拜拉甚至于有时把大师的文笔都模仿得很像。但是作品里所有重大的、主要的部分都出自布封手笔，处处都是他最后定稿，每册都以一些不朽之作显出他的特色，打下他的印记。最后几册之有别于以前各册而使人特别注意到的，只是组织更严密些，全貌更完美些。1778年出版的、包括"大自然各时代"的那一册被认为布封的杰作。

在这五十年工作中，布封的生活是一成不变的。每年他来巴黎过几个月，处理职位上的各种任务，为他所领导的单位谋利益，使御花园的重要性日益增加。然后他又回来住在孟巴尔，把一年的最大部分时间用在埋头研究和编写上面。人们描写他，常把他放在这所乡间的封建的住宅里，放在他那座碉楼上，一早起就关起门来默想着，写作着。我很惋惜，在我们法国人的笔下总是有些开玩笑的意味，掺杂在像这种生活首先应该引起的尊敬与崇拜的观念中。在18世纪的那种纷扰的生活当中，在那种散漫零碎的生活当中，布封把自己隔离开来；他在他的性格的坚毅里，在崇高的光荣之爱里，在他所献身的那广大研究所给予他的那种浓烈的兴趣里，找到足够的力量来抵抗周围的一切刺激,一切无谓的诱惑。你看看,所有的人都或多或少地对这些刺激和诱惑让步了、投降了,唯有他没有。我说所有的人,是指那些头一流的伟人。伏尔泰,大家都太知道,他就是在战斗与争吵中讨生活;那可怜的让·雅克在整整二十年中被拖得累死了,为着要回答那些恶毒的毁谤和诬蔑,弄到他精神都失了常。就是孟德斯鸠,在人家攻击到他的时候,心里也不能平静。他的《论法的精神》与布封的《自然史》头几册同时出版。任色尼派[35]的报人猛烈地攻击这两部书,对孟德斯鸠比对布封还要厉害:立刻,孟德斯鸠就拿起笔来:"他答复了,用一本相当厚的小册子答复了,语调极佳,"布封写信给一个朋友说(1750年3月21日),"他的答复获得了圆满的成功。尽管有这个前例,我觉得我的做法要不同些,我一个字也不回答。人的自尊心各有其巧妙之处。我的巧妙一直妙到认为某些人根本就不能冒犯到我。"这经常就是布封的行为原则,让诬蔑落回到自己身上去。二十八年后在他的《大自然的各时代》里对他的见解和著作再做一次同样的综述时,他又回想到这次的攻击:"我们还是努力把真理弄得更明显些罢,再加些明显的例证,把象真性再提高些,把事实集合起来,把证据累积起来,以便光明之上再加光明,然后听凭人家去评判我们,不烦心,不答辩。因为,我老是这样想,一个人写作应该完全只考虑到他的题目,丝毫不应该考虑到他自己。要想别人来替他自己考虑更是悖乎常理了,因此,关于个人的批评就应该置之不理。"

这种崇高的自尊心主导着布封的全部生活。对大自然的这种默想与描写,最长的生命都还嫌太短哩,他从来不让自己有一天被人打岔,转移目标。我们来如实地看看他在孟巴尔的生活吧;但是我们不要像赫罗·色舍尔(Hérault Séchelles)那样,像个小侦探、轻浮浅薄地、调侃讥嘲地走进他这段生活,而应该带着让·雅克那样高尚的、诚挚的心情走进去,就是这种心情驱使着卢梭于1770年路过孟巴尔时要看看人们称为"自然史"摇篮的那所书房,驱使他跪下来吻着书房的户限。布封在里面工作的那座小楼是在他的花园的尽头,要到达那里就要穿过一层又一层的平台,一直向上走着。他每天早晨六点钟起就到那小楼里去。大夏天,他在很高的一间书房里工作着,书房的圆顶像教堂的,又像古代祷告堂的穹隆:"孟巴尔的空气纯洁些,"奈克夫人说,"布封先生住在孟巴尔,待在他那座碉楼的最高处,就想得格外好些,格外容易些;这是他常说的一件事。"在那儿,在一间空无所有的厅屋里,坐在一张木写字台面前,他深思着,撰写着。面前没有多少纸,也没有大堆的书;这种书堆和烂纸堆只能使布封感到碍手碍脚。一个深思熟虑的题目,再加上玄想、沉默与静寂,这就是他的资料和工具。他也在另一间比较低一点、凉一点的书房里工作,这里面唯一的装饰,就是墙上多一张自然的伟大解释人——牛顿的木刻像。关于布封写作前所作的那番装束。人家老想拿来开玩笑。布封有个习惯,每天早晨一起床就要人把他按当时的风尚穿戴起来;他认为人的衣冠也是人身的一部分。除此而外,他书房里的一切都显得简朴。休谟曾形容布封给予他的印象说:论风姿和仪态,他倒符合人们所想象的一位法兰西上将军,不像一个文人。最崇高的思想在他的面容上留下了痕迹。"浓眉荫着极活泼的黑眼。"在美丽的白发下格外显得鲜明。高尚,宁静,尊严,以及精力充沛的自觉心,这就是他全身表现出来的风貌。

一种广阔惊人的良知在他身上主导着,并规划着他四周的一切。"布封绝对过着哲学家的生活。"一个精于鉴识的观察家[36]说,"他公正而不豪放,他的全部行为都恪遵着理性的绳墨。他爱秩序,他到处布置着秩序。"他就以这种完美的公正和这种由规则与气质演化出来的仁慈,不断地在他的周围行着善事,孟巴尔的人都五体投地地敬爱着他。

像这样的一种态度,这样洁身自好,这样守恒,这样不动心,自然要引起、要激动人家嘲笑他。一直到哲学家的阵营里布封都发现嘲笑他的人。伏尔泰有时想咬他,想丑化他;但是被一种不由自主的尊敬心阻止住了。达朗拜尔没有伏尔泰那么精细,也没有像他那样受到美感的熏陶,因而对布封就大放厥词。他不欢喜他那种为人,也不欢喜他那种才器:

他只称之为"大废话家""废话之王";他故意模仿他而加以丑化(达朗拜尔有像猴子一样模仿人的那种不幸的本领)。布封也听说到这件事,他看到那位大几何学家居然做起猴子来,只是加以怜悯,毫不介意。

《自然史》头三册的出版(1749),如雷电交作,轰动一时。人们赞美着,人们惊叫着。不但是神学家惊叫,科学家也惊叫。我们现在还有马才伯[37]为这几册书写的那些批评"意见"。布封初进入这个广泛的课题时,虽然已经研究了十年,却还显得准备太不够。特别是植物学家们,他们能找出他的许多漏洞,对于他批评林内(Linné)、检讨治学方法的那种态度,当场指出他的轻率和不正确的地方。布封不很懂植物学:"我是近视眼,"他说,"我曾三次学植物学,三次都忘记了:如果我眼睛好的话,每走一步路都能使我温习这一门知识。"仿佛大自然是把他用大刀阔斧砍成的,他低下头来研究小事物就感到费力:里邦[38]的古柏,他倒乐意静观,但是像西索普(Hysope)那样一棵唇形灌木,他就嫌太小了。唯其如此,所以他不懂昆虫学,诋毁蜜蜂,虽然昆虫学家雷奥密尔(Réaumur)已经问世。必须像蜂鸟那样长得妖娆俊俏才能使他爱上它。当他谈兽类的时候,他总是爱谈多少有些像人的那些兽,爱谈高等脊椎动物。在他的《自然史》里,他最初没有想到别的编次方法,只依照万物对人的关系,视其对人接近与有益的程度。他想象着一个崭新的人,没有任何知识，在一片原野里，兽类、鸟类、鱼类、植物、矿石陆续地来到他的眼前。经过初步的辨明，这个人先把生物和无生物分开，再从生物里分出植物。达到"动""植""矿"这初步的大分类之后，他又在动物界把生活在"陆地"上的从生活在"水"里或飞上"空"中的分开："然后，我们再设身处地替这个人想着，"布封接着说，"或者假定他已经获得了和我们一样多的知识和经验，他就来判别自然史的各对象，按照它们和他自己将要发生的关系。最必要的和最有用的占头一等，比方，在兽类里特别欢喜马、狗、牛，等等。然后，他就注意到那些虽非家常习见、却住在同一地区、同一气候中的兽类，如鹿、兔等等。"这种次序是他所称为最自然的而实际上只是临时性的，布封开始就是依照这种次序编次着兽类和自然界的品物，按其于人有用的关系，而不是按其本身的基本特质，这种特质是会使表面上距离很远的物类互相接近起来的。为了结束我们不会赞同的这一章，我还要说一句：布封只是在出版了很多册数之后，在渐渐从自己的实践和多班顿辅助性质的描写中获得了认识之后，才构成了一些较为实际的、较以各物本身的比较观察为依据的编次法。内行人可以在1764年出版的"羚羊科"（第十二册），特别在他那张猴类表（1766及1767年，第十四及第十五册）里看得出这种进步。

但是，如果由少数进步的观察家看来，这个细节、这个科学方法在布封的著作里长久令人不满,他却一开始就以笼罩一切的伟大见解震动整个的思想界,这些见解,在人们可能提出来供物理哲学家思考的见解中,可算再伟大不过了。在关于地球理论的那篇论述中,他努力把地球——动物生活与植物滋长的舞台——的结构与形成方式预先确定下来;他努力根据当时已知的地质要点来确定地球各期的变革,自原始以至其凝固状态及现在的构成。由此出发,他又进而推论到生物的发生与繁殖。论及人类的时候,这些多少带点神秘意味的解释就以一些既合理而又精深的观察大大地提高了,这些观察是关于童年、少年、壮年、老年等各时期的,关于各个感官的获得及其作用范围的。第三册以论"原人"那一篇脍炙人口的绝妙好辞为结顶,在这篇文章里,他假定原人像在创造出来第一天可能表现的那样,他醒觉起来,看自己,看周围,一切都是崭新的,他叙述着他的最初感想的发展经过。就是在这里,布封足与弥尔顿并驾齐驱,变成了一个物理学上的弥尔顿,却少一个宗教信仰和对神崇拜。后来,孔迪雅(Condillac)想纠正布封,证明他不正确,便在他的"感觉论"里假定出他那座离奇的石像,他赋予这座石像以各项官能,赋予一个又一个,渐渐地叫它活动起来。布封看着这座无色的、冷冰冰的石像很觉得好玩,当孔迪雅要进法兰西学院,来请他投票的时候,据传说,他嬉嬉笑笑地接待着他,答应了他的要求,并且一面拥抱着他,一面对他说:

"你曾叫一个石像说话,我曾叫一个人说话;我拥抱你,因为你有热气,但是,我亲爱的长老,你那个石像一点热气也没有呀。"

《自然史》第四册是1753年发表的。布封在这一册里还忠实于他所预告的那个方法,写家畜动物史,如马、驴、牛等,前面有一篇绝妙的"兽性论",把兽性和人性对照着。他在这篇文章里说明,在有感觉的动物的物质本性上通常是善多于恶、快乐多于痛苦的。在人身上,破坏这种平衡的是他的想象力,想象力败坏着善,并且,它超到恶的前面,因而就常常产生着恶。可是布封并不愿意把人降低到兽类的愚蠢幸福上面,他却很想把人由理性的途径提高到一种高级幸福的境界。他很想说服我们,叫我们相信"幸福是内在于我们自己的,我们灵魂的和平享受就是我们唯一的真正的善"。他很想劝阻人,叫他不要有狂妄的情欲,狂妄的情欲是戕贼天性的,随着就带来烦恼与厌倦。他谈到"那种可怖的对自身的厌倦,使我们再无别的愿望,只愿望停止生存"。看他谈的那种态度,我们就可以推知:虽然这个宁静的、高超的灵魂不曾得过卢梭之流、维特之流和未来的雷内[39]之流的那种病,却并不是没有辨认出那种病,并不是没有就其病源予以揭发:"在那种沉于幻想、沦于黑暗的状态下,"他说,"我们恨不得把我们的灵魂的性质都变换掉。我们禀赋着灵魂是为着认识的,而我们却只想把它用在感觉上。"依他的看法，真正的哲人就是能控制这些妄想和妄欲的人："这种人，满意于自己的情况，只想是他所一直是的那样，生活得像他所一直生活的那样；他自己就能自足，很少有求于他人，不会成为他人的负担；他不断地致力于灵魂固有的各种能力的运用，因而促进着他的领悟，培养着他的精神，获得新的知识，时时满足于自己，无后悔，无烦倦，自己享受自己，因而也就享受着整个的宇宙。像这样一个人，无疑的是大自然的最幸福的成员。"你拿这个哲人，再加上一个动机，一个弹簧，加上"作为一切伟大灵魂的强大动力的光荣"，你让这个哲人拿光荣做他的鲜明的、吸引着他而又不搅扰他的目标，则你就会看到布封自己，看到那位只要近取诸身就能画出人类最高贵理想的布封。然而，对于他关于情欲所说的那许许多多的坏话，我们也能有唯一的一点拿出来和他辩驳：

"你自己呢？"我们可以对他说，"如果你不是被追求光荣的那种固定的情欲支持着、掌握着；你能逃掉那种烦恼、那种随着情欲年龄而来的灵魂厌倦吗？"

作为形而上学的画家来说，布封在这篇论述和有关人类感觉的那几篇论述里都是属于第一流的。所有冒险推断、值得辩驳的地方，都被具有深刻理由、可以作为定论的一些见解弥补过去了[40]。作为动物画家来说，没有比他给"马""鹿""天鹅"写的那些肖像更高贵、更庄严、更完美的了：这都是些活自然的画图，气派最大，最雄伟。

在"鹿"的肖像里，我们该注意到他是以何等艺术故意地把古代射猎的词汇都用到里面来：如果这种词汇失传了，就应该在这篇文章里来寻找，他把这种词汇安插得极巧妙，真乃是游刃有余。有人责备他在这篇"鹿"的肖像里无限制地夸耀着射猎，夸耀着这种毁灭性的消遣。然而，除了他看到射猎场面的伟大因而乐意描绘以外，你不感到布封是想用这种文章来笼络王廷吗？笼络王廷就使他获得掩护，不怕他的敌人攻击，同时又获得支持与宠信，以便扩大御花园[41]。

有人说布封的文笔有浮滥之处，我不知道何所依据：它只有高贵与尊严，只有文情并茂的表里相适应，只有十全十美的明畅。这种文笔是高超的，而其所以高超，出于波澜纵横与气势迸发者少，出于庄严磅礴之持续的本身者多。冯特奈尔在布封之前曾作过不少的努力，把科学介绍给、渗透给社会大众。但是他那种曲折的、绵薄的手法，和布封那种气魄雄伟、胸襟开阔、真正唯我独尊的风度相较，又有多么大的分别啊！布封写作时首先注意的是文意的承续与联贯，是绵延不断的一气转环。他就看不得琐碎与迫促，这就是他指摘孟德斯鸠的毛病。他认为抓着一个题目能持续地想下去就是天才，他要求文词由题目里涌出和长江大河一样，充沛地、澄彻地、扩展开来，浸润着一切事物。"他在他的作品里没有安放过一个指不出根据的字。"我们可以在他批评托玛斯[42]一篇文章的谈话里看出他怎样了解行文当中的那些小字眼，那些自然连接和那些递升或递降的微妙色度，看出他在这种种上面拿出了多么精细的美感。

他做这种推敲时，其要求之严，不在古代最精湛的作家之下。他既要音调和谐，又要有板有眼，还要能摇曳雍容。他讲求明畅也和讲求联贯一样地操心。他叫他的秘书朗读着他的作品，稍一停滞，稍一迟疑，他就画上一"×"，然后就修改这一段，直到明丽流畅为止。此外，我在他的著作里找不到一个新奇的字句或独创的词语能像今人想象出来的那么耀眼。沙陀伯里安在这方面，就是白那丹·得·圣彼埃尔也都会使他望尘莫及。人家在他的作品里也能举出几个鲜妍可喜的例子，说明他也有真正妙手偶得的新颖语，但是这种例子很稀少。布封的最大美点宁可说是在文气的联贯与充沛上面。至少，他的文辞从来没有像别人因求新过切而必然带来的那种扭捏和不安。他的文笔，在画幅的某些角落里，还呈露出那么一种轻灵的风韵，其使我感动，甚于人们所常引的那些部分。比方，谈到鹿。"鹿，"他说，"似乎眼睛好，嗅觉灵，耳朵更敏。它要听的时候，就抬起头，竖起两耳，于是它就听得很远：当它要出来到一个浅树丛或一个半裸露的地方的时候，它总是先停下来四面看看，然后找到下风，闻闻可有没有人来惊扰它。"多么轻灵的一幅画图啊，只寥寥几行，安安静静地完足了！又如，谈到好吱喳的绣眼鸟，那个生来胆怯、极易受惊的绣眼鸟，他就说："但是，危险的一刹那过去了,一切也就忘记了,接着,我们的绣眼鸟又快活起来,蹦蹦跳跳的,唱着歌。它的歌声是从最浓密的叶丛中传出来的,它通常是藏在叶丛里,只偶然出现在灌木丛边,很快地又钻回去了,特别是在白天正热的时候。早晨,人们看见它啄饮露珠,并且,在夏天落的那种阵雨之后,它在湿叶子上跑着,把水珠子扑落下来,它就在里面洗着澡。"作为画家来说,布封就是在这种细腻明彻的部分接近白那丹·得·圣彼埃尔,而白那丹在这种自然景色里又多加上一线月光和一层忧郁的朦胧染色。

一般说来,布封描绘自然都是从所有能提高灵魂、扩大灵魂,能使灵魂恢复宁静与获得平息的各种观点上落笔;他欢喜笔尖儿一带就把一切都拉到人身上来。他的画笔底下时常有感官的愉快,但是他没有卢梭诸人所擅长的那种锐敏的感情:布封是一个缺乏缠绵情致的天才。

布封最完美的作品,我已经说过,是"大自然的各时代"那篇论述或画图,这是1778年他七十一岁时发表的,据说,在达到他自己能认为满意的完美程度之前曾使人重抄至十八次之多(你可以打个折扣,如果你愿意)。他在这本书里又拿起第一册里关于地球理论的那些原来的思想,把它们就一个更完满的光圈下陈列出来,加了些新的配合,我不敢说加了些新的象真性。因为,布封自己修正自己就是这样:像他那样堂庑阔大,他绝对不愿重新调整;和一个大艺术家一样，他觉得作品一产生出来之后，要修改的话，不如在一个新作品、一幅新画图里去修改还比较简单些，一个不好，重来一个，大自然的做法也是如此。在这里，在《大自然的各时代》里，他以七幅画图叙述并描写着地球的变革，从他假定地球还是流质的时期起，直到人类出现，统御地球的时期止。布封并不拿他的假定当作实际，他只拿它当作一种手段，以便使人理解过去发生的事应该或多或少地是如此，使人对自然哲学上最大的问题先把概念确定下来。这个招呼一打过之后，他就层层抽剥地、不爽分毫地、带着使人震惊而又觉得历历如在目前的那种真实感，叙述着混沌初开的那种广大无垠、令人骇绝的场面，叙述着没有人类看到的那种惊心动魄的景象。有人说，布封爱读李佳逊（Richardson）的小说，"因为他具有伟大的真实性，并且因为他对描绘的一切事物都曾仔细观察过。"我们也可以把这句赞语用到他自己的身上，因为他在《大自然的各时代》里表现的就是如此；他把人类产生之前的事物也曾仔细观察过，所以才能知道它们，看得清楚。真的，李佳逊之熟知哈罗氏（Harlow）家庭内幕并不能超过布封之似乎熟知宇宙内幕，他把那些永无人知的、完全消逝了的大自然各时代又拿到现在表演出来，把宇宙内幕拿出来摆到我们眼前。在这番广泛的详尽的描写里，从没有一点怀疑的微笑来掠过他的嘴唇。他把这部超绝的小说写得活灵活现，就是他描写现存的、实在的自然也不过这样精确。上帝问约伯（Jobe）道："我为地球奠基的时候你在哪里呀？"布封先生仿佛满不在乎地对我们说："我当时在那儿呀！"他提高我们的思想，他扩大它，他使之震动，使之骇然于这种弥天的大胆：在这篇叙述里竟敢以自己、以一个渺小的凡人，这样毅然决然地代替着上帝，代替着那无穷的神力！像这样一个荒唐的行为，如果你愿意的话，就称之为超绝的行为吧，像这样一个僭夺的行为似乎是罪无可赦的，只有在事后立刻跪下来，低下头，做着最深诚的祷告。

弥尔顿和鲍雪会这样做的，他们的描绘会因此而显得更加伟大。布封却不这样做，他连想也想不到这样做，在这部美妙作品所激起的无限惊奇之中，我们的伦理感终于有些遗憾，因为全书对上帝方面竟这样一言不发，一字不提。——只有人类的智能在书里主宰着一切，并且在最后一页里还展示着既宏伟而又辉煌、虽然微带伤感的一幅远景，更显得它气焰万丈、唯我独尊[43]。

在另一方面，布封所擅长的本来是文辞的明晰与充沛，是用在最伟大、最严肃问题上面的那种语言的广阔而宛曲的奔流，这些优点在任何地方也没有比在这部七十高龄的作品里表现得更突出了。他就是这样愈老愈成熟、不断地发展着，慢慢地，日有所得，增益着他的思想，就是在深入钻研中也依然能有一种灼烁鲜妍、推陈出新之妙。

孟德斯鸠老来就疲惫了，并且显出疲惫：布封则不然。

拿布封跟孟德斯鸠比较一下会是很有意义的，会完全确定并阐明他的性相与才藻上的特点。布封承认孟德斯鸠有天才，但是否认他有文笔：他觉得他割裂太甚，特别是在"法律精神"里，并且，他就全书总思想上指出的这个毛病，在文意与语句的细节上依然又发现到。他觉得在这些细节里他表现得太尖锐，太欠柔和："我很认识他，"他指孟德斯鸠说，"这个毛病来自他的体质。这位院长差不多是个瞎子，并且他又太想得敏捷了，以至于大部分时间他想叫人代写的话自己都忘记了，因而不得不尽可能把自己的意思紧缩到最小的范围。"他就是这样解释着孟德斯鸠的语言里有时仿佛有短促的地方。而他，布封，却相反地有记熟他那些长篇巨著的能力，然后可以随心所欲地把它们全盘回忆起来，命意行文都同样地历历在目。

孟德斯鸠却也有其胜处，他的谈话充满着警语、隽语和形象，就像他的作品。他的话也和文笔一样，好分段落，活泼泼的，出人意表，常有突如其来与临机应变之妙：球打来了，他从不扑空。相反地，人家很讥笑布封的谈话，认为一点也够不上文笔的高度：这话我当然相信！一天做了那么多小时的工作，脑子里装着、负担着那么多的东西，又那么经常紧张着，他也需要松松劲，于是乎在家里、在朋友之间，话自然要听其自流了。不过，关于布封的一切，奈克夫人太清楚了，还是问问她，她却告诉我们说布封的谈话是动人的、充满教益的，并曾举出不少例子来。诚然，他若是不如此，倒真是奇怪了。一个头脑，富有那么多的知识和那么多的思想，不可能是平凡的，除非是忘神的时候[44]。不过，你要等候他，在他适当的时刻抓到他，并且还要会听他说话。布封在谈话的时候不欢喜人家辩驳，也不欢喜人家插嘴；一听到人家提反对意见他就不说了，保持沉默了。他说："一个人，初次想到一个问题就认为有权跟终身研究这问题的人辩驳，我没有勇气和这种人继续谈下去。"这就使得他有些常客和管理人员在他家里住着，从来也不跟他辩驳一句；他也很容易和他们相处。他容许人家当面谈他，谈他的天才，而他自己也谈自己的天才，老老实实地，像他的时代已经在谈他的天才那样，也像后世将要谈他的天才那样。

圣勃夫

布封的《通讯集》[45]

在此以前,我们一直没有布封的函札汇编;我们只看到一些节抄,在许多精湛渊博的布封传里被用来作为例证;但是,在函札方面,读者总欢喜自己能有个意见;在可能的时候,他总以能直接接触名人为快,总想就他们的日常风貌中抓住他们。布封在生活习惯中是怎样呢?在他思想的日常情况与格调中又是怎样呢?现在我们知道了,我们对他的为人可以有个不夸大、不漫画化的正确观念了。

18世纪文坛上的四大人物都写过一些信,多寡很不一致,并且各不相同,正好代表着他们的不同的性格和不同的面目。伏尔泰首屈一指,他始终是无与伦比的：又活泼，又自然，又平易，永远拿手，就是最简单的礼敬之词也赋予以一种流利的语致，一种轻灵的风韵，必要时也表达严肃的思想，但是一会儿又笑逐颜开，经常注意要使人高兴，使人的精神欢笑。

卢梭也是个大函札家，自成一派；但是多少推敲啊！多么慢慢地琢磨啊！多么费心啊！他有些口若悬河的信，但都是经过改而又改的，很明显地历次的改稿都留在自己的手里。当他写给马才伯的时候，或者就是写给胡德多夫人[46]的时候，那都已经不是信了，竟是些整本的著作。

孟德斯鸠写信不多（至少根据我们现有的函札去判断），并且写信时也不作名世之想：他的大才，他的高强的想象力，他的高超的意匠，他那种镂金刻石的手段都全部转到、全部用在他那些渊博罕见的著作上面。日常命笔，他就由紧而松、由张而弛了，他显得是个随随便便的人；简言之，他的信是一蹦一跳的，有点零碎，有活泼的警策语，有突然的形象。他一点不像伏尔泰那样老是出口成章，也不像卢梭那样板着面孔卖弄风姿，那样时时刻刻地如切如磋，如琢如磨：他给朋友写信，毫不愿意费力，这是看得见的，虽然他的文笔还保留一些潇洒的风度和针砭的锋芒。

布封与孟德斯鸠相较，没有什么俊语，在笔法上，或者应该说在不讲笔法上，比较均匀一致些，否则，以函札家而论，他颇与孟德斯鸠同派。当他提笔写信时，你不要要求他想到叫你开心，叫你欢笑，叫人家私相传告着说："他给我写了一封富丽堂皇的大函或一个剔透玲珑的小简。"布封不懂什么剔透玲珑，他有志气、有艺术说那些伟大的事物；他没有艺术也没有心思说那些小东小西。他没有离内容而独立的那种语致，没有雅谑的诀窍；他也够喜欢笑乐，喜欢愉快，但这与雅谑截然不同。如果不是怕说得太真、像是开玩笑的话，我就要说在轻松一类的文字里，他正与马罗、撒拉赞、瓦居尔[47]之流相反，与伏尔泰相反。他的高度和那些呈现到他眼里的大问题同一水平，但是他不很欢喜弯下腰来摘取花朵。他顾盼自雄，这是他自己说的，但是他不搔首弄姿。

要写出能作为文学作品传世的好信，我只知道两种手法，两个法门：有活泼的、警觉的、敏捷的天才，而纵辔闲游，随时应接，像塞维尼夫人，像伏尔泰那样；或者花时间，花工夫，用沉着的手写，像卜林纳[48]、毕西[49]、卢梭那样。——不外乎两句话，出口成章或精心结构。[最近出版了一部很有趣的通讯集，手法在上述二者之间，既像是字斟句酌，又像是自由漫谈，既像有预先考虑，又像出于一时的兴致，那是贝朗热（Béranger）的函札。]

布封的函札不属于上述的这种或那种。它们既不是活生生的出口成章之作，也没有精心结构的编撰功夫。很明显地，他写这些函札时（除开少数庄严的场合，与平时的无拘无束截然不同），毫没有想到要拿出去公开，也没有要使别人喜悦的意图：他以为只是写给对面说话的朋友看，说当时关心的事物，谈事务，谈兴味，谈心情。所以这个《通讯集》对他的行径，对他的精神习惯，对他的生活与感觉方式，提供出一个最诚笃、最真实的佐证。在文字方面，布封没有什么可提高或降低身价的地方；他的大作家身份早已不成问题，不会因为信里可能有点平凡的地方而受到影响：在精神方面，他的《通讯集》让我们到处看到他，在他的生活的整个内容里看到他，经常是讲情讲理的，正大光明的。这部《通讯集》在很多方面都构成他的光荣，毫不使他有所贬抑。

少年时代的函札（1729—1740）不多，但足够使我们鉴识到布封在鸿图未展之前那些年的好尚、习性、识力与格调。这些信大部分是写给同乡人的，写给卢非（Ruffey）院长，布野（Bouhier）院长的，写给多班顿和一位勒·白朗（Le Blanc）长老的，这位勒·白朗长老之于布封相当像瓜斯哥（Guasco）长老之于孟德斯鸠。布封如一般人所说的，敞开肚子跟他们说话；又坦白，又自然，但毫无雍容之致。他爱说什么就生硬地说出来，是什么东西就称呼什么东西。人家幸而没有删掉这些生硬的地方，因为这些地方是一般的布尔高尼人精神的特征，也是布封在家常谈话中特有的腔调。有时来掺杂在这种外省生活琐事中的文学评鉴都是很正确的，但是相当粗枝大叶。布封将来也永远不会比此时更钻得深些，他总是忽略细微的地方；如果他知道，如果某一天他还偶然引到皮隆骂小班西内[50]的那首箴铭诗,那是因为皮隆也是狄庸人,因为那首箴铭诗有芥末味。而且他对作家的互相争吵很不感兴趣:他自己在生活中、在函札中都没有,并且永远也没有什么作家习气。他不和人家勾心斗角,正如他不加入他那时代的那些小集团。很早他就宣称他爱好乡野,爱好村居及其高尚的宁静:他只是为着事务才来巴黎,出于万不得已:他似乎没有一时一刻乐意卷入社会的旋涡。

布封之开始变成大家所知道的和我们所赞美的那样人物,只是从他被派管理御花园和御书房的时候起。在此以前,他是个在期待中的天才,缺乏对象的天才。《通讯集》让我们很好地看到这一具有决定性的时刻,看到他进入了、正式走上了他所开辟的并且照耀着的那条伟大的道路。然而,通讯人的圈子在开始时似乎没有怎样扩大,也没有多大变更。我知道,应该有些信是遗失了或者没有交出来;但是在人家通常把他相提并论的那些并世名人之中,布封显得经常与之有书信往还的却很少。甚至于信中说到他们也只是顺便提及。关于冯特奈尔的一点也没有;关于孟德斯鸠的也不多。伏尔泰三度被评:先被认为是"一个很伟大的人也是一个很可爱的人";后来,闹翻了的时候,是一个专说蠢话的人,应该避免去读,是一个忧郁恼怒的人,瞎谈着万事万物。最后,两人和解了(1774年11月),有一封给伏尔泰的信,同时是高度的浮夸和极度的谦虚。布封承认他有创造的天才,从自己的本体中取出一切："将永远不会，"他对他说，"有个伏尔泰第二"；这是对伏尔泰赞语的一个回答，因为伏尔泰曾称昔拉古斯的阿基米德[51]为"阿基米德第一"，意谓布封为"阿基米德第二"；布封以天才尊称凡尔奈[52]的对手，自己就只保留着人才的称号，人才不论怎样伟大，他说，"都只能以模仿方式，依据物质去生产。"这封写给伏尔泰的信和后来写给卡德琳女皇的那些信一样，都太失分寸了。布封在这些信里可算是双料地庄严，他在里面使用着加倍的乃至三倍的过实语法。他在他那时代算是最通常理、最精鉴识的人，在这里却使我们感觉到那种绝顶聪明的坚实品质究竟与机敏和美感完全是两回事。

居克罗[53]很受布封赏识，并含有相当的友谊成分，他不够谦虚，但由于他胸怀坦白，布封也就乐意地马虎过去了。"百科全书"派的人们和他们的事业，在开始，也获得他的好评。但是他不很和那些人往还，不加入那个小集团的过激的门户之争。

他对那种种拖曳力量都站得远远的，站在影响范围之外；他走着他自己的路；他永远不应募，他不肯为他所谓之"百科全书队伍"丝毫有所作为。此所以在那一界，人们都不很欣赏他。狄德罗跟布封谈过话，听到他自己称赞自己，后来便微带讥讽地说："我欢喜那些对自己才能有很大信心的人们。"达朗拜尔更进一步；他嘲笑布封，他蔑视他，既不欣赏他的才器，又不爱其为人。他只称他为"大废话家""废话之王"；他甚至于在友好面前故意学着他来取笑，因为达朗拜尔极善于做滑稽的模仿和漫画。布封听说这位大几何学家这样做猴子开他的玩笑，只耸耸肩，他瞧不起他的攻击。佛夫纳格[54]曾说："我们的自尊心总是不够使我们忘怀于别人的藐视。"布封却是个例外；他的自尊心够使他忘怀；他有高度的犯而不校的本领，大不同于孟德斯鸠。孟德斯鸠因他的《论法的精神》受到任色尼派报人的攻击，觉得不能不写本小册子去答辩，这本小册子很成功。"尽管有这个前例，"布封说，他也受到同一报人同样的攻击，"我的做法要不同些，我一个字也不回答。人的自尊心各有其巧妙之处，我的巧妙一直妙到认为某些人根本就不能冒犯到我。"他经常用这个办法，自己不说话，让敌人们去说。再比方，他最后一次又以《大自然的各时代》受到攻击，人家说他抄袭了一个不晓得什么布朗热（Boulanger）的手稿。"还是让那班坏家伙疑惑下去为妙，"他说，"我们保持着绝对沉默，我们就会痛快地看到他们的鬼把戏暴露出来……应该让诬蔑落回到自己身上去。"有一天特来桑（Tressan）有感于这一场攻击而为他难过，他回答说："如果这次批评竟能使我动心的话，那真是我平生第一遭哩；我从来没有回答过任何批评，我对这次的批评还是要保持沉默。"

他的想法就是这样。他不让自己有一天被转移目标，丢开他慢慢依次建筑着的那座巍峨的大厦,这座大厦每一部分都按着规则的、早就预告着的日期陆续启幕。一位具有慧心的作家曾试图作出一个比例,认为作家对批评是否敏感,要看他宗教信仰的程度如何;他甚至于就在我们现在这个问题上[55]说:"无宗教信仰的天才只是个最易受伤的自尊心。"这话倒很漂亮,但是我觉得真正的比例不在我们这位慧心人、这位理论有点过于悬想的人所放的地方:比方,拉辛,他就是一个有宗教、有信仰的天才,却没有人比他更敏感、更易受刺激了;他倒是有比莫里哀、比莎士比亚更易受伤的自尊心。在同一场合,孟德斯鸠会生气,伏尔泰会发狂,布封则不动神色,而他们三人的宗教信仰则几乎都是半斤对八两。因此,这种对批评或多或少满不在乎的心情不系于一般的信仰,而系于各人的脾气、性格,或者,如果你愿意这样说的话,系于对自己的信仰与信心。布封的自尊心是高超的,安定的,经常是平衡的:他评论自己,评论自己的著作,就像后世将要评论他的那样,就像他的同时人已经在评论他的那样。那位杰出的明情达理的国王佛勒德利克[56]曾说他:"最善于享受他那样公平获得的盛名。"布封就把这句赞语转录在写给奈克夫人的一封信里。他早就是这样想着的了,因此,他也就安之若素。

他爱光荣,但是有些人不能看到一个伟人的特点而不立刻夸大到漫画程度,因而他们说布封爱光荣爱得傻气,其实并不如此。当人们就他在日替他建起那座铜像的时候,他虽同意,却并不曾企求,他倒很希望人家等他死后再建。"我老是想,"他写信给他的老朋友卢非院长说,"一个明哲的人应该怕人家嫉妒,甚于重视光荣,那一切的事都没有事先问我一下就这样做了。"这座铜像,大家请注意,是对他的一种安慰、一种荣誉赔偿,是那些暗中活动、预先获得御花园总管职位继承权的人们觉得实际对他不起而为他建立的。他还说过,在他大功告成时以诚恳的口吻说过:"我一点也不追求光荣;我从来也没有追求过它,而它偏来找到了我,自此以后,它给我的喜悦还没有它给我的烦恼那么多。再增加一点它就终于要我的命了。老是信件,信件,没有了的时候,从整个的宇宙飞来,又是问题要回答,又是论文要审查。"从这个《通讯集》里我们可以看出,还有一件事他比爱他的作品还要喜爱些,或者至少和爱他的作品一样喜爱:这就是跟他的朋友们生活在一起,住在一起,搞搞他做家长、做好邻居、做业主、做主管人和做人所应尽的职务、所发生的关系。这些事都是我浏览《通讯集》时依它们出现的凌乱次序摘下来的。

但是我怎么能说"凌乱"呢?这个字与布封的习惯,甚至于与他的本质都不能相容。我们不要忘记有一个在他晚年到孟巴尔去看过他的极好的证人,马来·居·潘曾这样说:"布封绝对过着哲学家的生活;他公正而不豪放,他的全部行为都恪守着理性的绳墨。他爱秩序，他到处布置着秩序。"

现在再回头谈谈他的文学赏鉴。除了诗人伏尔泰而外，布封似乎只赏识另外一个同时的诗人，就是他称为"班达尔"的勒·白朗[57]，这位"班达尔"勒·白朗曾以那么高尚的格调歌颂过他，他也就在勒·白朗手里毫不偏私地认出一支天才的画笔。至于他对德里尔（Delille）、圣·朗拜尔（Saint-Lambert）和卢舍（Roucher）的品评，因为是一个熟悉自然、仿佛住在自然怀抱里的人说出来的，特别有意义。"我不是诗人，也没有想过要做诗人，"他在信里说，"但是我爱读美的诗。我住在乡下，我有一些园圃，我知道季节，我生活过各月的时令；因而我也想读几段人们那么夸奖的'季节'、'月令'和'园圃'那几首诗。哪晓得呀！我慎言的朋友啊（这是给奈克夫人写的），那些诗叫我厌烦极了，甚至于叫我憎恶得要作呕，我脾气上来的时候曾说：圣·朗拜尔在巴纳斯山上只是个冷冰冰的青蛙，德里尔是个金甲虫，卢舍是个夜游鸟。他们没有一个会，我不说会描绘自然罢，就是把大自然最动人的美景拿出较突出的一点来给大家看看，他们也不会呀。"这一段品题，就是对不爱"青蛙"和"金甲虫"这类名词的人们我也还要说："我把措辞欠雅的地方丢开，试问在18世纪中可有一个评语能比这个评语更切当？伏尔泰总算是精于审美的人，他把圣·朗拜尔彻头彻尾地看错了：布封却把指头——岂止一个指头吗？他却把四个指头，连大拇指都放到真理上了。"

布封品题人物的时候，一点也不顺从时尚。他尽管那么为伏尔泰说公道话，却仍然忠实于他自己对于道地货的认识和赞赏：在他的心目中，白劳斯院长自始至终是"他的最贤良的朋友，正如他是我们最渊博的文学家"。

现时最有功于布封的人是佛鲁兰斯先生，他曾笺释他的思想，改编他的著作，校对他的手稿，他曾详述布封的那些合作人和每人在《自然史》的编撰中所做的贡献。他仿佛认为布封对那些人的贡献没有经常向社会做出足够的说明，因而有为他们弥补遗憾的必要。尽我对这样一个问题所能发表意见的范围，我看不出布封对他们有什么欠情和失礼的地方，我觉得他对他们都在适当的时间和地点予以很公正的酬报了：虽然如此，我们在事后把他们每人对布封的贡献算得更清楚些也还是有意义的事。布封天然是需要助手、需要合作人的。他三十二岁被任命为御花园总管，直到那时为止，他是物理学家兼几何学家，现在被迫非赶做博物学家不可，这是他以前梦想不到的。他居然变成博物学家了，这也和大佛勒德利克到必要时变成大将一样，是用高度优异的智慧和百折不挠的意志专心致志地干出来的。布封一起手就显得是天生的整理者，是大自然的庄严的再造者，他感到需要大刀阔斧地干，驱使着大堆的材料；但是所有的材料都没有准备好，并且还差得太远，所有的材料都没有集合起来，可以说所有征召的兵员都还不在麾下。然而他又不能强制自己做个搜集人，做个纤细的探测者，做个细节的观察者。他的感官根本就是个障碍。他的眼睛不好，身材又高，又直挺挺的，如有人曾说，像个法兰西上将军，不像坐实验室或坐书房的人。在材料与他之间，只要材料稍微赶不上来，他的想象力就会发射出一些系统来：在开始的阶段里，当他想专靠智慧的眼睛来发现太多的东西并且发现得太快的时候，有多少次那位拿解剖刀的人——多班顿的精明的微笑警告着他使他停止住了！这是居维叶（Cuvier）告诉我们的，我们不难相信他的话。——"高维萨[58]，你为什么没有想象力？"拿破仑有一天和马斯卡尼[59]（他是那种从来不缺乏想象力的意大利的学者之一）谈话之后突然这样问高维萨。——"陛下，"高维萨回答，"因为想象力是杀害观察力的啊。"——想象力并不经常杀害观察力；也很有些时候，它唤醒观察力，它挑动它，鞭策它；想象力超在观察力的前面走着。而多班顿呢，他是不容易鞭策得动的，他的脑筋从来不能走得比脚步快；布封谈到多班顿氏弟兄子侄，常抱怨他们迟钝，干劲不足。然而当多班顿和他分手的时候，却留下了一个大空隙，在《自然史》的继续编撰上留下一个不可弥补的空隙；后来一直没有人代替他。但是在文学合作人方面，布封的阵容很强，在他的手下有孟拜拉夫妇和拜克逊长老作他的描写学派。关于这一点，佛鲁兰斯先生和今天出版的《通讯集》告诉我们一些很有趣的事。你们当心，不要过分叹赏布封作品里的"鸟类"部分，不要拍案叫绝地说这位大画家没有写得比这个更美的了：呵！可笑的误会啊！你会恰恰和全巴黎人有一天都跑来恭维沙陀伯里安一样，因为他们相信某一篇不署名的文稿是他写的，而实际上出自萨尔旺迪（Salvandy）先生的手笔。这就等于直跑到布封的作品里，直跑到布封的家里来违犯并侮辱"文如其人"这句名言了[60]。因为"鸟类"不是他的文笔而是另一支文笔写的："孔雀"是孟拜拉写的，"黄莺"也是的；"天鹅"，那么被大家夸美的"天鹅"可能纯粹是拜克逊的手笔，这位小长老在把它交到大师的手里之前曾把它梳而又梳，刷而又刷，大师只替它最后润色了一下。人们还保有证明的资料，还保有手写的提纲（不是"天鹅"的提纲，而是其他鸟的提纲），还保有初稿；窜改之处都还能数得清、量得出。我可以坦白地说吗？我看到这些纤微的细节心里有些惋惜，我不怪人家去钻这些细节，我甚至于也认为应该钻，今天人们要求这些细节，少了这些细节一篇研究就不算完备：但是我惋惜竟还有细节可钻，我惋惜作者没有把那些原稿一用过之后就一把火烧掉，惋惜没有把那些落到地上的钉头木屑付之一炬。未来的大作家听着！凡是于你们已经变成没有用的东西都烧掉吧，先生们。你们的建筑物完成了，并且是辉煌瑰丽的，你们的大作站起来了：还留些把柄给你们那些贪得无厌的子侄们，让他们有一天再来辛辛苦苦地搭起骨架，粉刷门面，这又何苦来呢？唉！就是为了文笔，现在我们竟然还需要钻到化验室里去摸索一番。我们居然有布封的删订史。

布封是个大作家和天才之人，他有他的家数，有他的笔法，有他的门徒。在古典文学的原始时期曾有过一个荷马诗派：某行吟诗人没有荷马原会湮没无闻、不能有所传世的，他竟靠着荷马，做出了某一段描写，我指不出是哪一段，但是这段描写，我想，却毫无逊色地插在荷马的作品里了。布封也是如此：没有他，孟拜拉和拜克逊能成个什么作家呢？他把他们提拔起来了，他激励了他们，用了他们，使他们各就所职发挥出才能来；他拉他们来合作，就把他们收在他那精神的家庭里，一个作为弟弟，一个作为儿子。在他们与他之间从来没有发生过自负心问题：我们对他还有什么更多的要求呢？我们比他们自己还要难说话些吗？尊敬他们，我很愿意，但是要透过布封尊敬他们！我们要尊敬布封，一直到他们身上还要尊敬他！

有些信显然有意写得使对方愉快，并且具有真正的、极缠绵的爱慕之情的，在这一类里有写给多班顿夫人的那些信，这位多班顿夫人就是那位大解剖学家的侄媳；下面这句话就是布封写给她的，里面谈的就是她的叔翁，也许连她的丈夫也在内："似乎两位多班顿先生都很希望看到你留在此地（在巴黎，她所住的地方；她到布尔高尼省旅行去了）；但是，你知道，好朋友啊，他们俩对于任何事都不是很热烈的。"在同一封信里我们还读到:"告诉我,好朋友啊,逐日地告诉我你的行程和你住下的地方;我恨不得把我的一切学问换取你到达某地的消息,把我全部的文稿换取你的一个便条,在这个便条里会有不可写出的一切的。"在这一部分极特别、最艳丽的信札里,布封足足有七十岁了,却似乎有点恋上了这位少妇,如果我们敢这样冒险(纯属善意)猜测的话。他会殷勤体贴,他要做出可爱的样子,他做得很成功。从高贝[61]资料馆里抽出的写给奈克夫人的那一序列的信,格调完全不同,似乎是最奇特的,如果不是最可喜的。里面的一切都处于最高的境界,仿佛邻近三十三天,那是一种不断的高升,一种对神的供奉,一种相互的膜拜。双方都是"超绝的朋友啊""超绝的女友啊""我膜拜的人啊""天神般的人啊""神圣的女友啊",彼此百呼不厌。这两位杰出的人才显然是彼此在对方身上遇到了他们所最珍爱的理想形式,因而彼此倾心;他们彼此沉酣于这种理想境界;他们是这样自然地处于他们的高度,以至于他们似乎毫不觉得他们是在作意求高。奈克夫人是个才德兼备的妇女,而且风韵犹存,丈夫[62]又,我们不要忘记这一点(因为布封对这些事是相当关心的),丈夫又在国家有这样高的地位,我们高贵的老作家看到有这样一个妇女这样了解他,这样崇拜他,心里不免有些飘飘然。"我读着你那些超绝的、妍媚的信,"他献着殷勤写道,"我的灵魂就有了力量了,每逢我想起你的面容,我膜拜的朋友啊,阴森的漆黑都变成了美艳的桃红。"他的心紧张得吐不过气来,他说,当他要去看她的前夕,不知道如果他在家里等候她到孟巴尔来拜访他,他的心又该怎样了?他找不出话来形容了,就连他掌握得那么好的语言也不听调度了:

我的心一喊出我的伟大的朋友的名字,我就绝对不能镇静地写信,

他惊叫着说,

但是今天,我感动极了,我狂热了,因为她给了我一个希望,希望着她最近会施惠于我,使我的幸福达到顶点。"我将和朝山一样去朝拜那所碉楼。"但是,什么时候来呀,我膜拜的朋友?我的灵魂飞着去迎接你的意旨,我恳求你把我这个猜疑不定的灵魂确定下来吧。我很想用我的火热的恳求来给你弥补一下我上星期一那封冷淡的日报。因此我跪下来请求你,我神圣的朋友啊,请求你真个来用你那尊荣与美德的无上光辉,照耀着我住的、每天在里面梦想八小时的这所古老的穹隆。这所穹隆别无佳处,只是地位占得好,空气清新,但是如果你惠然肯来,它将变成最高贵的神庙。

所有写给奈克夫人的信都是这个腔调，我们在这些信里不可能不看到充分的真诚、充分的坦直，并且写的人绝对不感到可笑。布封在这些信里还有些外省气，由孟巴尔到巴黎我从来也没有觉得会有这样大的距离。一定要跑到德国去才能找到像这样的、赞叹不懈的《通讯集》。

但是集子里还有一部分函札，其新颖不减于前一部分，却完全使人读了钦佩布封，这就是他写给儿子的那些信：他在这些信里显得不愧为人父，并且是最慈爱的父亲，最恳切地关心着儿子，充满着眷念之情。

这个儿子是国民军的青年军官，似乎相当可爱，相当温雅，天性很好，却无任何优异之处，他经常地为这个儿子操着心。他照顾着他的前途、他的身体、他的娱乐。当他派他到俄罗斯替他向女皇卡德琳二世献他的半身像并致敬礼的时候，多少叮咛嘱咐跟随着他、陪伴着他啊！他惦念儿子回国的那种不安的情绪将"使他觉也睡不着，想也没有气力去想"了。后来这个儿子和一个少妇结婚了，这少妇先仿佛很朴质，很诚实，但是不久就放荡起来了，变成了一个亲王的姘妇，并且直认不讳，而这个亲王是一个联队长，那个青年丈夫就是这联队里的一名军佐，这个消息一传来，父亲就写给儿子多么高贵的一封信、多么严格的一连串不容置辩的指示啊！古代的、近乎古罗马时代的家长在这里昂头挺腰地站起来了，凭着他那白发的权威发着命令。下面是这封可佩的家书的全文；书中所有严厉的地方都是从慈爱的本身流出的，都出自最合理的父爱，与光荣感、尊严感不可分开的父爱：

自御花园，1787年6月22日。

佛查（Faujas）先生为了对我的友谊，也为了对你的友谊，我亲爱的儿啊，他惠然担任把我的命令传达给你，这些命令你必须遵办。

（1）体面问题和我一起命令你辞职，脱离你的联队［沙特尔（chartres）联队］，永远不再回去。

（2）你立刻走开，就说有事不得不走，你对任何人都这样说，不做其他解释。

（3）不要到斯巴（Spa）去，在我回家之前也不要到巴黎来。

（4）你去旅行去，爱到哪儿就到哪儿，我劝你到巴约（Bayeux）去看看你的叔父。你见他就知道我劝你去的动机。

（5）这种种做法是老实的，必要的，不但不损害你的前程，却大有助于你的前程。

（6）其他一切，遵照佛查先生的通知去做，他会把我的全部意见告诉你的，他并且还要替我交给你二十五个金路易；如果你在8月4日才能收到的那三千镑，你现在需要的话，我现在就可以付给布尔雪（Boursier）先生。你晓得，他也就在那个时候要交一千五百佛郎给你那故妻的。

以上都是，我最亲爱的儿啊，你仁爱慈祥的父亲的绝对意旨。

布封的儿子照这样的一些命令一字不差地做着，既不会因为姓他的姓的那个女人的丑史而挺在那里羞得抬不起头来，更不会叫人感到他凭老婆的关系获得了什么利益[63]。

我们介绍的这部《通讯集》是那朵·得·布封先生编注出版的，他的姓就说明他是我们这位大作家的族人，他是他的侄曾孙。这位青年官吏很有文学知识，很珍视他渊源所自的这一个家族的光荣，发着孝心并立着大志，要自己对这个光荣有所补益。

他至少是做到了把布封的笃实、多情、睿哲、明理的为人方面阐扬出来，使之逐渐显著了。他在这个版本里所作的注释和说明很多，倒值得另作一个研究。勒西约（Lesieur）先生曾任教育部司长，现在回到文学上来不过是重理旧业，敦其宿好，他对这部重要的出版品也同样做了些有益的贡献。

圣勃夫

注释

1 节译自《自然史》第一册绪论。标题是译者加的。

2 布封反对在观察之前心里就横着一个某系统、某分类法的概念,这种概念会构成一种成见。他主张先不要存着任何先入之见,完全由我们自己的观察去引导我们达到真理。

3 节译自《大自然的各时代》的绪论。标题是译者加的。

4 这就否定了凭天神的启发和《创世记》的叙述来认识宇宙史的可能性。

5 法国17世纪宗教作家鲍雪埃(Bossuet,1627—1704)曾写《人类史通论》(*Discours sur l'histoire universelle*),以国家兴亡证明神意,建立了神学的历史哲学,这部书直到布封时代还被认为是史学权威。布封的这几句话,等于是对《人类史通论》的一个间接的驳斥。

6 意思是说,法则是恒久的,个体是万变的。

7 这句话驳尽了古代拉丁诗人的崇古思想和基督教的天启乐园说。布封崇今抑古的看法比卢梭对自然状态的歌颂还要高明得多。

8 《大自然的各时代》一书分七章,分述七个时代。第三个时代的小标题是"当水盖着我们的大陆的时候"。本篇节译自《第三时代》,标题是译者加的。

9 同上章均节译自《大自然的各时代》的《第三时代》,标题是译者加的。

10 在18世纪,山上的贝壳化石是被人激烈争辩的一个问题。许多人不承认是海水下落后的遗留。例如,伏尔泰说:"我宁愿相信是圣雅各的朝山人把几个贝壳丢到圣慕里斯山上了,我不相信是海构成了圣伯纳尔山峰。"(见他的小说《有四十金元的人》，1768年作)，而布封自1748年起就肯定水成岩层的存在，并且加以研究了。

11 布封以后，科学家就使用这个方法来研究生物演变和地质发展。

12 一种名为"马斯陀东（Mastodonte）"的巨象的牙。

13 节译自《大自然的各时代》的《第四时代》，原文小标题是"当水退了而火山开始活动的时候"。本节标题是译者加的。

14 布封在同书的《第六时代》里，曾经一度说：地球从白热期过渡到初度的冷却，历时三百万年，后来因为不敢冒险提出这样骇人的数字，改为二万五千年。不论如何，布封所谓"这样长的时间"实在估计太短了。现代地质学家虽然没有肯定确实数字，但是动辄说两万万或三万万年。

15 就是这种现象的肯定，在18世纪都还引起许多争论。

16 在同书的《第六时代》，布封又说：有若干化石是欧、美两洲所共有的，却都与现存的种类大不相同；这说明欧、美两洲早先是联成一片的，而连接两洲的大陆地也许就是欧洲传说中的阿特兰地（Atlantide），这一片陆地在现代物种出现前就沉到海洋里了，也就是说，欧、美两洲在现在物种出现前就分开了。

17 《大自然的各时代》的《第七时代》是写"当人的力量协助着自然的力量的时候"。本篇即节译《第七时代》的前几段，标题是译者加的。

18 这是法国18世纪激烈争论的一个问题。中国古时也称初民的石斧为"雷公石"，见《本草纲目》。

19 提坦（Titans），据希腊神话，是一些巨人，曾想爬到天上，进攻天神。

20　布封就这样科学地说明了宗教的起源。

21　这是《大自然的各时代》的《第七时代》的最后几段。标题借用原书的结语。

22　这个数字是布封由"三百万年"减下来的。

23　这一点,对古代希腊移民来说是正确的。

24　在 18 世纪,人们还不知道海流对气候的重大影响。

25　布封夸大了地球冷却的速度,因为他相信地球自身发出的热远超过它从太阳所受到的热。

26　法国古称。

27　德国古称。

28　穿过巴黎的一条河流。

29　这是假定以一个绝对的寒冷为标准。布封未加说明。

30　"象,骆驼,马,驴,黄牛,绵羊,山羊,猪,狗,猫,骆马,南美羊,水牛,鸡,鹅,火鸡,鸭,孔雀,雉,鸽。"——原注

31　Gaston d'Orléans (1608—1660),法王亨利四世之子,路易十三世之兄。

32　本篇节译自《自然史》第十二册的绪论,原题为"大自然一览"。

33　据欧洲古代的民间传说,癞蛤蟆有毒,是吃了荷花荷叶的结果。

34　"佛鲁兰斯(Flourens)的《布封著作及思想史》(*Histoire des travaux et des idées de Buffon*),"1851 年 7 月 21 日发表,载《月曜日丛谈》第四册。

35　致:勒·伯朗长老(abbé Le Blare)函,见 1822 年《图书收藏家》杂志。——所指的那几篇批评文章可以在"宗教新闻"里读到,见 1750 年 2 月 6 日及 13 日的任色尼派版;那是一种正式的检举,引

起了索崩（Sorbonne）神学院对该书的审查（仍见任色尼派版，1754年6月26日）。在那些褊狭的见解和峭刻的语句之中，却有一点是那神学的报人没有看错的，那就是布封著作的非基督教的倾向。我已经在别的地方说过（《御港学案》第三册，第332页），在18世纪，巴斯加尔的最大的对头，表面上不动声色而实际上驳斥巴斯加尔最厉害的，就是布封。——原注

36 见马来·居·潘（Mallet du Pan）《见闻录与通讯集》，1851年，第一册，第124页以下。——原注

37 马才伯（Malesherbes，1721—1794），思想进步的行政官，保护进步作家，遭特权阶级反对。

38 里邦（Liban），叙里亚（现通译作"叙利亚"——编者注）的一座山，以古柏驰名。

39 雷内（René），法国浪漫派的先驱作家沙陀伯里安（Chateaubriand）的同名小说的主人翁，是继承卢梭与维特（德国歌德小说《少年维特之烦恼》的主人翁）传统的"世纪病"患者。

40 我们读布封有关形而上学的作品，应该把他不得不说的一些敷衍的话剔到一边："布封刚从这里出去了，"白劳斯（Broses）院长在一封信里说，"他给了我开启《自然史》第四册的钥匙，教我应该怎样去了解他为敷衍索崩神学院而说的那许多话。"——原注

41 当年的御花园就是现在巴黎的植物园，由于布封的惨淡经营而闻名世界。

42 托玛斯（Thomas，1732—1785），法国文学家，善作传赞。

43 关于布封的宗教思想问题，写起来就要有整整的一章。通常他是持纯自然的观点，亦即吕克莱斯（Lucrēce，拉丁诗人，唯物主义

者。——译者)的观点,但是为谨慎计,他有些地方把这观点伪装起来,表面上也谈谈造物主。这一点是太显而易见了,比方,在《大自然的各时代》里,如果作者能把他那些提防的思想丢开,如果他把那种不断循环在大自然中的广大而丰产的生生之力,像他所意识到的那样,充量地解放出来,则这部作品里就会弥漫着一种比较有宗教意味、比较神圣的感觉。奈克夫人谈布封,把他看作一个皮龙(Pyrlon,古希腊最早的也是最大的怀疑主义者。——译者)派思想家。果然,在《自然史》的许多不同的部分里有很多的矛盾,也有正面,也有反面。他论"人"的那些章里有某章仿佛出自唯心论者手笔,几乎不相信有什么物质;关于自然与其"各时代"的论述则是一个自然主义者写的,很可以用不着上帝。在生活习惯中,布封装着尊敬一切可尊敬的事物,当他住在孟巴尔的时候,他甚至于规则地履行着宗教仪节;他这个人是能够凭着想象与敏感带一种真诚的情绪去参加宗教仪节的。

44 "我荣幸地认识了布封先生,"吉本(Gibbon,英国历史家。——译者)在他的《见闻录》里说,"他兼有超绝的天才和风神与仪表方面的最可爱的朴质。"——他在同书的最后一页还称他"这位伟大而又可爱的人"。——原注

45 1860年3月26日发表,载《月曜日丛谈》第十四册。

46 胡德多伯爵夫人(Comtesse de Houdetor,1730—1813),才女与圣·朗拜尔(Saint-Lambert)及卢梭为友;卢梭曾为之颠倒一时。

47 马罗(Maror,1495—1544)、撒拉赞(Sarrasin,1603—1654)和瓦居尔(Voiture,1598—1648),都是法国著名的才子,以纤巧文字见长。

48 卜林纳（Pline le Jeune，62—120），拉丁文学家，以书札著名；通常称"小卜林纳"，因为他是大博物学家老卜林纳的侄子。

49 毕西（Bussy-Rabutin，1618—1693），才子作家，曾著《高卢艳情史》。

50 皮隆（Pilon，1689—1773）、班西内（Poinsinet，1735—1769）都是当时的悲剧诗人，互相攻击，特别是皮隆擅长讽刺。

51 阿基米德（Archimède，前287—前212），古希腊最伟大的几何学家，生于昔拉古斯（Syracuse）。

52 凡尔奈（Fernay），现称凡尔奈·伏尔泰，法国邻近瑞士的一个小城市，伏尔泰曾在那里隐居二十年，被称为"凡尔奈的老家长"。

53 居克罗（Duclos，1704—1772），法国道德学家，著作有《风俗论及路易十四及十五两朝秘密札记》。

54 佛夫纳格（Vauvenargues，1715—1747），法国道德学家，著有《格言》行世。

55 指卡罗（M. Caro）先生在《劝世报》（*Le Monitour*）上的一篇文章（1860年2月25日）。——原注

56 佛勒德利克（Frederick，1712—1786），普鲁士王，亦称佛勒德利克二世，又称大佛勒德利克，政治家兼文学家，醉心法国文化，崇敬伏尔泰一流的启蒙运动思想家。

57 班达尔（Pindare，前521—前441），古希腊"抒情诗之王"。勒·白朗（Lebrun，1729—1807），法国18世纪比较好的抒情诗人。

58 高维萨（Corvisart，1755—1821），拿破仑一世的御医。

59 马斯卡尼（Mascagni，1863—?），意大利的名作曲家。

60 布封在当选为法兰西学院院士的入院致词（即《论文笔》）中有这

样一句名言：知识、事实与发现，"这些东西都是身外物，文笔却是人的本身"，一般人都把这句话了解为"文如其人"。参阅拙译《布封文钞》第10页。

61 高贝（Copper），瑞士的一个风景区，是奈克夫人和她的女儿大文豪斯塔尔夫人（Mme de Stael）1766—1817年久住的地方。

62 奈克先生是大财政家，两度任财政大臣，以干练正直著称。

63 因为对大家都应该公平，请让我指出于小布封夫人有利，并为她推卸责任的一个证件［阿隆维尔伯爵（Comte d'Allonville）的《秘札》，1838年版，第1册，第269页］。关于女人这一项的私生活似乎不是布封的光荣面。但是不论这桩公案的前因如何，就是阿隆维尔伯爵那些严重的佐证不是完全出于捏造，人们仍然要肯定，跟一个亲王的暧昧关系一闹开来，布封命令儿子采取的那种做法仍然不失为一个顾全人格的典型。